愛していると言ってくれ！
～孤独な王と意地っ張り王妃の攻防戦～
1
藍井恵
Megumi Aii
イラスト みずきたつ
Mizukitatsu

レオナルド
オデット
「あんたといると楽しい」
レオナルドがそう言うと、オデットから唇を重ねてきた。
こんなことは滅多にない。

愛していると言ってくれ!

～孤独な王と意地っ張り王妃の攻防戦～

1

CONTENTS

Paradigm

なぁ、オデット。
あんたが祖国を愛したように、俺の国を愛してくれないか。
そして俺のことも――。

第一章　出逢い、そして出国

「オデット様、お待ちください！　一人でのお出かけは危険でございます！」

若い侍従の、慌てた声が背後から聞こえてくる。

「そう思うなら付いてくればいい！」

オデットは鳶色《とびいろ》の髪を振り乱し、大きな瞳をサファイアのように輝かせ、馬上で大きく口を開けて笑っている。頬はふっくらと赤く、あどけない顔立ちなのだが、その風格は正《まさ》に王者のものだ。

「はっ、速すぎて無理でございますっ！」

侍従が必死に馬で追ってくるのをまいて、十四歳のオデットは巧《たく》みに馬を操り、一人、山道を駆け上る。

オデットはトリニア王国の第一王女で、女ながらも第一王位継承権を持っている。第六王女が生まれて以降、王妃が子宝に恵まれなかったため、国王は男子を諦め、男勝りの長女、オデットを世継ぎに、つまり次代は女王とすることに決めたのだ。

だから彼女は本来、こんなに気軽に出かけられるような立場ではない。だが、オデットはそんなこと、お構いなしだ。

初夏の森は、木々の葉に朝露がきらめき、濃密な緑の匂いが鼻をくすぐる。スピードを上げると顔に風が当たって気持ちがいい。この森を駆け上がって高台に出るつもりだ。高台からは、美しい山並みと裾野に広がる田園が見晴らせる。その景色には四季折々の美しさがあり、オデットはここから眺めるのが好きだった。

しかも、この豊かな国は、いずれ自分のものになるのだ！

道の向こうから明るい光が差し込んでくる。もうすぐ高台だ。木立ちがとぎれたそこに、馬と一人の男が立っていた。

——誰!?

オデットは訝《いぶか》しんで眉をひそめた。男は馬の横に立ち、景色を眺めている。

驚いた彼女は拳と腰の動きで馬を停めた。手綱《たづな》を使って馬を痛めつけるようなことはしない。彼女は愛馬シリルと一心同体だ。

「お前、何者だ！　ここが王家の森と知ってのことか！」

張りのあるオデットの声に、男が振り向く。

二十代前半くらい、栗色の髪に翠《みどり》の瞳で長身。彫りが深くきりっとした賢そうな容貌で、ちらりとのぞく裏地に青の絹が使用された立派な乗馬服を身にまとっていた。

傍《かたわ》らの馬は、オデットを警戒して耳を立てた。ベルベットのような滑《なめ》らかな毛並みに、澄んだ瞳の美しい顔をしている。尻の幅が広いので、足も速そうだ。その素晴らしい馬の首すじに、男は指を立てて、ぐるぐると撫でた。すると馬は気持ちよさそうに鼻先を掲げ上げる。

その様子から、怪しい者ではないと、オデットは判断して馬から降りた。

男は、オデットの剣幕に全く動じずに応じる。

「ああ、そうか。ここらは王家の領地なのか。ということは、君は……第一か第二王女といったところか」

オデットは眉をひそめた。

「私が誰か、よりも、まずは自分から名乗れ」

男は、少し驚いた顔をしてから、ククと笑った。

「失礼。余りに威勢がよくて面白かったから。私は隣国ナルミアのレオン・ド・ヴォーデモン伯爵。初めましてオデット王女」

オデットは、いきなり自分の名前を口にされて憮然とする。

「なぜわかった」

「第一王女は男勝りと聞いていたからな。噂だからと話半分に聞いていたけれど……」

彼がプッと噴き出した。

「噂よりずっとすごい！」と、思いっきり笑っている。

オデットは今まで、他人《ひと》からこんな失礼な態度を取られたことがない。

語気を強めるオデットに、レオンは大仰《おおぎょう》に礼をした。

「ぶ、無礼な！」

「これは失礼いたしました」

だが、それもまた慇懃《いんぎん》無礼《ぶれい》な感じがして、オデットはじとっと睨む。

レオンは肩を竦《すく》めてから、真面目な顔になった。

「ここからの景色は素晴らしいな。我が国はほとんどが平野だから、山々の美しさについ見入ってしまったよ」

オデットの顔が急に明るくなる。

「そう、そうなんだ。外国人から見てもそうか。今は夏だから緑一色だが、秋は黄金に染まり、冬は雪景色、そして春はまた咲き誇る花々が美しい」

「他の季節も見てみたいものだな」

二人は、少し距離を開けたまま、しばらく同じ方向を見つめていた。

「田園風景も美しいだろう」

オデットは、得意げにレオンの顔をうかがう。

「ああ。放ったらかしの農地がほとんどないな。生産性が高い」

見た目についてではなく、一歩踏み込んだ答えが返ってきて、オデットは心の中で少し彼を見直した。

「農民の意欲を高める施策を取っているんだ」

自慢げなオデットを、レオンはなぜか真剣に、まじまじと見つめてくる。

オデットが不思議そうに見つめ返すと、レオンは何か考えているのか、しばらく黙り込んだあと、口を開いた。

「……それにしても、こんな素晴らしい国の王位継承権第一位のあんたが、森の中で一人ウロウロしているなんて、自覚が足りないんじゃないか」

「あんた？」

人が気分よく話していたというのに、王女を『あんた』扱いで説教までしてくる始末だ。オデットは急に不機嫌になる。彼女は説教をされるのが何よりも嫌いなのだ。

「しかも、女だろう？　俺に襲われたらどうするんだよ」

男は背が高いので、屈んでオデットの顔に顔を近づける。だが、オデットは動じずに大きな青い瞳をぱっちりと見開き、目の前の双眸《そうぼう》を真っ直ぐに見据えた。

「お前は無礼だが不審な者ではない。少し観察すればわかる。だから私は馬を降りたのだ」

レオンは不意を突かれ、黙り込んだ。

しばらく二人は無言で見つめ合った。それは男女のものではなく武闘の試合前のそれだ。

「負けた！」

先に目を逸らしたのはレオンだった。

「あんたの目力《めぢから》、すごいな」

オデットは内心ホッとする。

だが彼がジリジリとオデットに近づいてくるので、あとずさりしてしまう。ドンッと、背中に衝撃を感じた。木の幹に当たったのだ。なぜか冷や汗が流れる。

「試合に負けて勝負に勝つというやり方もある」

レオンがそう言うや、彼の顔がアップになり、唇に温かいものが触れた。

「な、何をする！」

オデットはレオンをたたこうとしたが、手を掴まれ、制止される。

「俺がたまたま、あんたの言うように悪人じゃないからこれだけで済んだが、今後はもっと気をつけるんだ」

レオンはにっこりと笑い、オデットの腕を離すや否や馬に跨《また》がった。

「じゃ、姫、また会えるのを楽しみにしているよ」と、ウインクして去っていく。

オデットが呆然としていると「オデット様ー」という侍従たちの声が大きくなってきた。

——今のは白昼夢か何かだったんだろうか。

手を唇に当てる。

——まだ感触が……。

急に我に返った。

「あのやろー！」

それはオデットのファーストキスだった。

† † †

レオンが馬を走らせて坂道を下りていくと、心配した面持ちで坂道を上ってくる侍従、リュカの姿が見えてきた。レオンを認め、ほっと安堵の息をついている。

リュカはレオンより少し年上で、純朴で生真面目な印象のある青年だ。身なりはレオン同様きちんとしている。

「レオン様、危ないから、お一人にならないでくださいよ！」

咎《とが》めるような目つきのリュカを後目《しりめ》に、レオンは破顔する。

「はは、すまん。でも、お前がいなくてよかった」

リュカは馬の向きを変えてレオンの横に付いた。こんなに機嫌のいい主人を見たのは初めてだ。

「何かいいことがあったんですか」

レオンは空を見上げた。

「ああ、久々に心から笑った」

くっきりとした青空はオデットの瞳の色と同じだった――。

† † †

翌年の春、オデットは十五歳になり、親に言われるがまま婚約する運びとなった。

母である王妃は嬉しそうに告げる。

「三歳年上のはとこなの。ブランシャール公爵家の次男で、本当に見目麗しいのよ」

公爵家なら親戚筋だから家柄も釣り合っているし、他の血筋の者がでしゃばって国政を混乱させることもない。しかも次男なら婿入りにもちょうどいい。なるほど母はいい相手を選んだものだと、オデットは感心した。

顔合わせは、王宮の裏庭で行われることになった。ブランシャール公爵夫人とその息子ルネ、王妃、オデット——四人だけの内輪の会だ。

ここは王家以外の者には立ち入りを許されていない。中庭と異なり、緑が左右対称に剪定されておらず、樹木は誇らしげに枝を伸ばしている。ミモザの木は、明るく可憐なレモンイエローの花を満開にさせていて、二人の前途を祝福するかのようだった。

緑廊《パーゴラ》の下《もと》、白いテーブルクロスには黄金で縁取られた白磁のティーセットとお茶菓子が置かれ、中央には田園風景の描かれた花瓶があり、プリムローズ、ラナンキュラス、クロッカスなど色とりどりの花が活けられている。

そしてそこには、その花々に負けないような美青年が立っていた。

くるくると巻いた黄金《きん》の髪に青い瞳。オデットも青い瞳だがルネのほうが薄い青で、透明感があった。王妃も侍女も、うっとりと彼を眺めている。それなのに、女たちからこんな視線を向けられるのに慣れっこな彼は平然としている。

ただ、肝心のオデットの視線だけは、テーブルの上にある好物のパンに向かっていた。ルネにとってはあり得ないことだ。だが気を取り直してオデットの手を取り、その甲に接吻した。キスを落とすとき、上目遣いで彼女をのぞき込むように見つめた。

これで落ちなかった女はいない。

それもそうだ。ルネの空色の瞳は、いつだって黄金《きん》色の長いまつ毛に囲まれてキラキラと輝いているのだから。

オデットも満足げに微笑を返したが、あくまで将来、可愛い子が生まれそうだと思ってのことだった。オデットにとってルネは種馬にすぎなかったのだ。


それから間もなく、オデットはルネのエスコートで、舞踏会デビューを果たした。

王宮の舞踏ホールは高い天井から巨大なクリスタルのシャンデリアが吊り下げられていて、夜なのに昼のような明るさだ。白壁にはアーチ型のガラス戸が並び、その周りを装飾する天使や王冠を模《かたど》った黄金は、灯りを受けて輝いていた。この国の豊かさを象徴するかのように贅を尽くした内装だ。このホールもいずれオデットのものになるのだ。

彼女はそれを誇らしく思っていた。

オデットは、ホールにいならぶ女性たちの冷たい視線を浴びていることなど、気づいてすらいない。ただ、将来、女王になるための大きな一歩を踏み出したと、希望で胸をいっぱいにしていた。

貴族たちは口々に、二人のことを「美男美女だ」とか「お似合いだ」とか褒《ほ》めてくれたが、オデットはそんなおべっかには興味がない。将来の女王と王を前にして、二人を貶《けな》すことなんか、できるわけがないからだ。

ルネはワルツが流れるなか、オデットを優雅にリードしながら、その青空のような瞳でじっと見つめて囁《ささや》いてきた。

「オデット、愛しています」

唐突な告白にオデットはとまどう。正直、馬で山を駆け回るのが好きなオデットには、彼の思考回路が理解できない。だが婚約者の機嫌を損ねないよう、適当に話を合わせた。

「ああ、私も」

すると、ルネが満足そうに微笑んだ。恋愛に興味のないオデットですらも、彼の笑顔は美しいと思った。

† † †

ところが、オデットが十七歳になった春、九年ぶりに突然王妃が懐妊した。そして生まれたのは……待望の王子だった——。

国中が祝賀ムードで沸き立つ。

国王夫妻が結婚して十八年目に、ようやく王子が誕生したのだ。諸外国の賓客が次々と訪れ、祝いの品が届き、毎日のように舞踏会が繰り広げられた。その祝い方は明らかに妹たちが誕生したときとは違っていた。

オデットは舞踏会に参加せず、高台へと馬を駆る。

嬉しいときも哀しいときも愛馬シリルに跨がり、この坂道を疾走してきた。ただ、今は自分でも、嬉しいのか哀しいのか、わからない。

——妹たちと同様に、弟も可愛い……可愛いはずだ。

そう思おうとするのだが、オデットの胸には何か冷たく鋭いものが突き刺さっていた。この感情は一般的に〝恐れ〟や〝嫉妬〟と呼ばれるものだ。だが、オデットは、これまで生きてきて、そんな感情を抱いたことがなかった。だから、その正体がなんなのか、よくわからない。

男というだけで歓迎される弟、そして、何もわからない赤子なのに、生まれただけで彼女の女王の座を危うくする男。だが、誇り高いオデットは小さな弟を敵視することもできず、その感情を持て余し、混乱していた。


オデットは高台で馬から降り、そこからの風景を眺める。山並みが様々な花々に彩られ、春の風が生命の息吹を感じさせてくれた。王子が生まれてからは天気のいい日がずっと続いている。今日も鮮やかな夕焼けで、まるで王子の誕生を祝福するかのようだ。

西の空の、赤から黄色、そして薄い青へのグラデーションをじっと眺めていた。

「久しぶり」

誰もいないと思っていたのに、男の声がして、オデットは驚いて振り返る。

そこには木の梢《こずえ》に体をもたれかけさせているレオンがいた。前回と違い、乗馬服ではないが、横に毛並みのいい馬がいた。レース襟のシャツにヴェスト、若草色のシルクに金糸のジュストコール(丈長の上衣)を着用した盛装で、以前とは印象がかなり違う。

視線が重なると、レオンが、すっと背筋を正した。以前のようにからかったりすることなく、真顔だ。

「お、お前……なぜここに!?」

二度と会うこともないだろうと思っていた男が現れ、オデットは目を見開く。

「……あんたが泣いているような気がしたから」

そのとき風が吹き、レオンの髪が乱れた。そう長くない髪が頬に掛かり、彼は小さく首を振って、それを払いのけた。オデットのほうに歩み寄ってくる。今回はからかうような感じは全くなく、瞳は同情するかのように哀しげだった。

その表情を目にして、オデットはカッと体中が熱くなるのを感じた。羞恥と怒りが同時に湧き上がってくる。オデットにとって、人から憐れまれるなんて我慢ならないことだ。

「泣く？　なぜだ？　我が国には待望の王子が生まれたし、夕焼けはこんなにきれいだし、今年も豊作に……」

そこでオデットはレオンに頭を掻《か》き抱かれた。

オデットは小柄だがレオンは長身で、腕の位置が、ちょうど彼女の頭の高さになる。

「ああ、あんたの国は、とても美しい」

彼がそう言った刹那《せつな》、オデットの瞳から涙が溢《あふ》れ出した。

レオンは無言で優しく頭を撫《な》でた。いつしかオデットは顔を彼の胸に預けていた。しばらくして彼女の涙が収まってきたのでレオンは囁く。

「なあ、俺の国に嫁に来ないか」

オデットは顔をがばっと上げた。

「はあ!?　私には婚約者がいるんだぞ」

「まだ結婚していないから、処女なんだろう？　俺は心が広いから、キスぐらいなら経験済みでも許してやるぞ」

ニヤッと笑うレオンにオデットは不審げな視線を向ける。さっきは以前と雰囲気が違うような印象を受けたが、やはりレオンはレオンのままだった。

「な、なんてことを！　お前はそんな目で私を見ていたのか！　……そういえば、前も！」

キスされたことを思い出す。片手で口を覆ってあとずさり、シリルの手綱に手を伸ばした。

「またして欲しくなった？」

「なわけないだろう！」と声を荒げ、馬に跨る。

「あんたはそのくらい元気なほうがいい」

レオンが嬉しそうに笑っていた。

オデットは顔を赤らめる。泣いていたことが急に恥ずかしくなったのだ。

「ふん、私はいつも元気だ！」

「じゃ、そのうちプロポーズしに行くからよろしくな！」

「冗談！」と、言い捨ててオデットは王宮へと馬を走らせた。

——あいつ、本当に軽いやつ。ほかの女にしているようなことを、この私にもするなんて！

しばらくムカムカしていたが、馬で斜面を駆け下りていくうちにおかしくなってきた。

——この私に求婚するなんて、いい度胸をしている！

厩舎《きゅうしゃ》の前で馬から降りたころには、怒りはもう消えていた。馬丁にシリルを預け、厩舎から出てくると、婚約者、ルネの柔和な声が耳に入る。

「ああ、やはりここにいらした」

ルネは初めて会ったときと変わらず、金髪をなびかせ、優しげな空色の瞳をしているが、顔つきも体躯も以前より精悍《せいかん》になっていた。社交界一の美青年と評判だ。今日も春らしいライラック色のジュストコールをおしゃれに着こなしている。

それとは対照的にオデットは、いつもの紺色の乗馬服だ。ベルベットの襟や銀糸が使われていて素材こそ高級だが、地味な印象はまぬがれない。

「弟君のご誕生、おめでとうございます」

ルネは優雅に微笑んだ。

「ああ、ありがとう。だがルネ、残念ながら、あなたは我が国の王になれないかもしれない。すまない」

オデットは自分の口から出た言葉に驚いた。さっき泣いたせいだろうか。いつの間に心の整理がついたようだ。

――そうだ。私は王女だ。この国を愛している。私欲で女王の座にしがみつくような愚かな人間にはなれない。

オデットは仁王立ちで、ルネの双眸を見据えた。

「どうしてです？」

ルネは困惑したように眉を下げる。

「私が、可愛い弟のために身を引くかもしれないからだ」

「なぜそのような……？　あなたは女王の器をお持ちです」

ルネは顔を引きつらせながら語気を強めた。

「後継争いのために様々な国で内乱が起こってきたのはルネも知っているだろう？　私はこの国が荒廃する姿を見たくないのだ」

「だが生まれたばかりの弟君ではお小さすぎて、それはそれで問題でしょう」

いつもおっとりしているルネが意外にも反論してきた。

「父が長生きすれば問題ない」

「では早く身罷《みまか》られた場合は？」

縁起でもないことを言うと、オデットは内心不快に思うが、平静を努めた。

「それならそれで、ルネの実家のブランシャール公爵家と、弟に付く貴族側とで揉めるのは、火を見るより明らかだ」

ルネは急に不機嫌になり、片手で髪の毛を後ろに流した。艶っぽいと、ときめく令嬢もいるであろう仕草だ。

「……私のことを愛していないのですか」

オデットの胸に嫌悪感が急激にせり上がってきた。

——愛！　愛しているなら国をくれって！　愛とは都合のいい言葉だな。

その気持ちを自分の胸に呑み込み、オデットは冷静に答える。

「悪いが……私が一番愛してるのは祖国トリニアなんだ」

「私は二番手ってわけですか」

皮肉っぽく笑うルネを冷ややかな目で眺めながら、オデットは心の中で悪態をつく。

――自惚《うぬぼ》れやがって。お前は二番手ですらない。美しい子を生むための種馬だ。

「だが私のトリニアへの想いは片思いだったんだ」

ルネの片眉が不愉快そうに吊り上がった。


オデットはレオンのことを調べた。

確かにナルミアにはレオン・ド・ヴォーデモン伯爵という外交官がいて、王子誕生のとき、お祝いで王宮にも訪れていた。その訪問が終わったあとに高台に上ったのだろう。

それにしても女と見れば、他国の王女だろうがなんだろうが求愛するような男を外交官にするなんて、ナルミアは一体どうなっているのだ、とオデットは憤慨する。


その後、舞踏会でルネと何度か会ったが、以前と変わらず美しい微笑みを浮かべて、ダンスに誘ってきた。今、オデットと揉めるのは得策ではないと判断したのだろう。

――その判断は、ルネのものではなく、ブランシャール公爵家のものかもしれない。

オデットはルネとダンスをしながら、そんなことを考えて皮肉な笑みを浮かべた。

† † †

隣国ナルミア国王から縁談が来たと、父である国王が嬉しそうにオデットに告げたのは、弟誕生から三カ月後のことだった。

オデットは耳を疑った。ナルミアといえば、個人的には尻の軽い外交官の国というイメージだが、そもそもは、〝軍人王〟と揶揄《やゆ》される現国王が軍を味方に付けて、前王から王位を奪還したような国だ。国王は普段から軍服を着ているような粗野な男だというではないか。そんな軍人が支配している国に嫁がせるなんて、厄介払いどころか人質に近い。そこまで自分は邪魔者扱いされているのか、と深く傷ついた。

しかも適齢期なのはオデットだけではない。第二王女は十六だ、それなのに第一王位継承権を持つオデットを嫁に出そうだなんて……つまり、そういうことだ。だが、オデットは妹想いなので、第二王女を嫁がせるように仕向ける気は全く起きなかった。むしろ、そんな野蛮な男のところに、可愛い妹はやれないと思うぐらいだ。

「私には婚約者がいるけれど、いいのですか」

婚約者のルネには全く執着はないのだが、真意を確かめたくてそう問うた。

父王によると、そこはあちらも配慮していて、お互い気に入った場合にだけ結婚の話を進めようと、非公式に会うことになったと言う。

とはいえ普通、両王家が顔を合わせるとなれば、ほぼ決まりだ。国と国との結婚に、個人の気持ちなんて関係ない。しかもあちらは軍事国家だ。現国王が王位に就いてからの富国強兵策は、近隣の国家に脅威をもって受け止められている。もし、気に入られたら、中堅国の王女ごときが断れる相手ではない。

「お忍びで来るんだから、会って損はない」

父王はしきりと勧めてきた。ルネにはバレないというわけだ。

そのとき、オデットはレオンを思い返した。彼はナルミアの外交官だ。オデットの前に姿を現したのは、王妃候補を物色してのことかもしれない。

――いや、それはないな。

オデットは唇に手を置いて、頭を振る。

――キスが知れたら、あいつ、国王に首をはねられかねない。

今度、レオンと公式の場で初めて顔を合わせることになるかもしれない。だが、さすがにレオンも国王の前では求婚してこないだろう。

ナルミア国王が到着した日の午後、オデットは高台に上ることにした。

――別にレオンに会いたいわけではない。

そもそも彼は国王の世話があるから高台にいないだろうし、天気がいいから行くだけだ。

オデットは自分にそう言い聞かせ、馬を駆け上がらせた。

果たして、そこにはレオンがいた。今日も乗馬服ではなく、ジュストコールを羽織っている。蹄《ひづめ》の音に反応して振り返り、笑顔を向けてきた。

「オデット、久しぶり」

――ほんと、不良臣下だな。王を放って時間潰しか。

オデットは馬を停める。

「お前、プロポーズしに来るとか大口たたいていたけど、遅きに失したぞ。お前の国の王は、美しい私に一目惚れするのだ。残念だったな」と、馬から降りて鼻先で笑った。

「国王より俺のことが好きなら、俺が嫁にもらってやるぞ」

楽しそうに笑うレオンをオデットは一蹴する。

「ふん。私は臣下に優しいから、そういう不遜な発言は秘密にしておいてやる。そもそも王女が外交官と結婚なんて聞いたことがない。冗談でも、そんなことを口にするな」

――でないと、お前の立場が危うくなってしまう。

「そうか、ただの貴族じゃ不満か。我が国王は〝軍人王〟と揶揄されるような野暮な男だが、それでもいいのか」

オデットは口を噤《つぐ》んだ。自分が結婚するかもしれない男は、臣下にもそんなふうに思われている、噂通りの男らしい。だが、彼女はきゅっと口を結んで顔を上げ、意志の強い瞳をレオンに向けた。

「どんな男でも構わない。私の目的はこの国から去ることだ」

レオンは訝しむように双眸を細めた。

「あんた、この国をあんなに好きだったのに……」

「私がトリニアにいないほうが、この国のためになるんだ」

オデットが寂しそうに俯《うつむ》いたので、レオンは彼女の肩を抱きしめてしまう。

「我欲より国のことを考えられる王族は、なかなかいない。あんたは偉い」

――なんで、こいつはいつも私の弱いところを突いてくるんだろう……。

オデットは熱いものが喉まで込み上げてくるのを感じたが、ぐっと押し留めた。嗚咽《おえつ》をこらえられたのは、彼の大きく温かい体に包まれたからかもしれない。意外にも、揺りかごで眠るような安心感が生まれたのだ。

「……ありがとう」

いつも威勢のいいオデットにしては珍しく、つぶやくような小声だった。そんな殊勝なことを言われたせいか、レオンは照れたような嬉しそうな表情を浮かべた。

「じゃあ、もし国王と結婚しても、俺と会う時間を作れよ」

オデットは急に不機嫌になり、両手で彼を突っぱねる。

「とんだ臣下だな！　お前の国の程度も知れるわ！　悪いが私は神に誓って、そのような不貞行為は絶対にしない。キスも二度とさせないからな」

オデットは手綱を取り、馬に跨がろうとするが、レオンに抱き上げられてしまう。

「な、何をする！」

レオンはオデットの唇を覆い、少しだけ開いていた彼女の口内へと舌を潜《ひそ》ませる。

「ん、むむ」

オデットは、その生々しい感触に驚き、瞠目《どうもく》した。目の前でレオンの長いまつ毛が揺れている。両手で彼の頬を思いっきり押しやると、ようやくレオンが唇を離した。

彼は謝るどころか、「だから、一人はやめろって忠告しただろう?」とニヤリと笑う始末だ。

——この男、とことん性質《たち》が悪い。

「お前の国王に言いつけるぞ!」

オデットは暴れて下りようとするが、背中と膝裏をがっしり掴《つか》まれていて、下りられなかった。

「それも結構。顔合わせ前から俺との仲を告白したら、俺と結婚するしかなくなるだけだよ」

レオンは不遜な表情でそう言いながら、彼女を馬に乗せてやる。

オデットはキッと彼を睨んだあと、馬を全力疾走させた。

翌日、ナルミア国王を交えての昼食会を控えて、オデットは今までにないくらいの厚化粧と盛り盛りの髪型をさせられ、髪の毛に羽やらアクセサリーやらを突っ込まれた。

いつもは襟が首元まであるドレスを着ているのだが、さすがにこういう席なので、肩の開いたドレスを着せられる。胸元には立体的なフリルがたくさん付いていて、胸の谷間は見えないようになっていた。これはオデットの希望によるものだ。

外部に漏れないように、ナルミア国王との昼食会には、オデットがいつも家族と一緒に食事をとる『王家の食事の間』が使用された。いつもの食事の部屋とはいえ、ここには二十人ほどが座れる大きなテーブルがあり、広間のような大きさだ。唐草模様のアップル・グリーンの壁に、大人の身長ほどもあるような、先祖代々の肖像画が掛けられており、天井からは巨大なシャンデリアが吊るされている。

オデットは父母の間に座ってナルミア国王一行を待つ。ここで家族と食事をするとき、いつも口元に微笑をたたえている父王が真剣な表情をしている。相手は兄王を追いやって玉座に着き、弱体化していた軍隊をたった二年で、世界で一、二を争うレベルに引き上げた男である。兵隊の数ではなく、大砲の命中率、行軍の速さなど、その精鋭ぶりで名を轟かしていた。

『ナルミア国王様がお越しになりました』

侍従の声掛けとともに、三人は立ち上がり、周りの侍従、侍女はお辞儀の体勢をとった。

侍従により扉が開けられ、そこに予想通り、レオンが国王と一緒に現れる。だが、予想とは違い、国王は軍服ではなかった。さすがに外国に行くとき、しかも王女に会うとあっては、ジュストコールで盛装するらしい。

レオンと視線が合ったので、オデットが目を眇《すが》めると、彼はなぜか笑顔を返してきた。レオンの横にいる国王は、粗暴どころか温和な顔立ちをしていて、オデットはとりあえず胸を撫でおろす。ただ、二五歳と聞いていたが、三〇歳ぐらいに老けて見えた。生真面目な印象だ。この男と結婚するなんて全くピンと来ないし、実感も湧かない。

オデットが不躾《ぶしつけ》にもじろじろとナルミア国王と外交官を見るものだから、隣にいる母親に密かに肘で小突かれる。

その様子に気づいたらしく、レオンは片方の口角を僅《わず》かに上げた。

習わし通り、側近がトリニア国王を紹介してから、ようやく国王自身が口を開く。

「遠路はるばる、よくぞいらっしゃいました。こちらが王妃のヴァイオレット・ラシェル・ド・トリニアです」

父王が威厳を持ってそう告げると、母である王妃がドレスの端を優雅に掴んで一礼をした。

「初めまして。お目にかかれて光栄ですわ。こちらが第一王女のオデットでございます」

レオンとナルミア国王の視線が自分に集中しているのを感じながら、オデットはお辞儀もせず、にこりともせず「私がオデットです」とだけ言い放つ。

オデットはそれしか口にしないと決意していた。『お会いできて嬉しいです』とか、そんな媚びるような言葉は絶対に発しない、と。それが彼女の矜持《プライド》だ。自分がこの国を出たほうがいいというのは本音である。だが、媚びてまでこの男に嫁ぐなんてごめんだ。さらには、軍人なんて無粋でいやだ。

オデットの態度は、父母でさえも非難めいた視線を向けるようなものであったのに、ナルミア国王が丁寧に頭を下げて一礼をしてくるではないか。

――こんなふうに腰が低くて優しそうだから、臣下のレオンがつけ上がるのだな。

自分が万が一、王妃になったら、もっと厳しくして、レオンの思い通りにはさせない、などとオデットが決意しているところに、意外な言葉を耳にする。

「私は外交官のレオン・ド・ヴォーデモンです。本日はこのような場を設けてくださり、感謝いたします。こちらがお忍びでいらした、ナルミア国王、レオナルド・シルヴェストル・ド・ナルミア様でございます」

オデットの口があんぐりとあいた。オデットが国王だと思っていた人物は外交官で、外交官だと思っていた男が国王だったのだ。

そんなオデットを見て、レオンことナルミア国王はクスッと密かに笑った。

トリニア側三人と、ナルミア側二人、向き合っての昼食会は和やかに行われた。そこでのナルミア国王はオデットの知っているレオンとは全く違っていて、紳士的で礼儀正しかった。

オデットは『こいつ、私が十四歳だったときに初対面でキスしてきたり、とんでもない男なんだ』と、親に明かせるものなら明かしたかった。だが隣国の王を前に、そんなことを言えるはずもなく、終始黙り込み、何か尋ねられたら、はいかいいえで答えるぐらいしかできなかった。

レオン、こと国王レオナルドはオデットのことを、こんなに美しい女性はいないと大絶賛していて、オデットは噴き出しそうになってしまった。確かに、いつものスッピンよりはきれいだろう。だが、帝王学を学んだしっかりした姫が王妃になってくれるなら、これ以上、心強い伴侶はいないと言ってくれたのは少し嬉しかった。

両親ともに、ナルミア国王をいたく気にいった様子で、オデットには外堀を埋められた感があった。しかも、変に気を回され、昼食会のあと、レオナルドと二人で裏庭を散策する羽目になってしまう。

裏庭の緑廊《パーゴラ》に入ると、それまで口を噤んでいたオデットが怒りを露《あらわ》わにする。ここは緑のトンネルなので、外からは見えにくい。

「何がレオンだ！　他人の名前を勝手に使って！」

彼はオデットの怒りを意に介さず、機嫌よく応じた。

「本名はレオナルドだけど愛称はレオン。親しい者は皆、俺のことをレオンと呼ぶんだ。外交官の本名が偶然にもレオンだから、名前と立場を使っただけ」

「お前、私のことを軽率だとか忠告していたが、お前こそ、国王の身で諸国を漫遊していたんじゃないか」

「最初会ったときは王子だったけどな。おかげであんたと巡り会えた」

真顔でオデットを見つめてくるので、オデットはぼっと赤くなって顔を横に向けた。

「ふん！　あちこちでそういうことを言っていそうだ」

「でもこうやって他国までプロポーズに来たのは、後にも先にもあんただけだぞ」

レオナルドは肩を竦めて微笑んだ。

「頼んでない」

オデットは眉間に皺を寄せて横目で睨みながら、腕を組んだ。レオナルドはそれに憶せず、オデットの表情をうかがうように首を傾げ、微笑んだ。

「この国から出たいんだろう？」

オデットはしばらく黙り込んだあと、口惜《くや》しそうにレオナルドを見つめ返した。

「ああ。私はトリニアに振られたんだ。私はトリニアと結婚するつもりだった。だが王子が生まれてわかった。王子はトリニアそのものだった。トリニアに王子《トリニア》が生まれたのだ。私が太刀打ちできるわけがない」

　レオナルドは哀しげな瞳でそれを聞いていた。

「だが、俺は初めてオデットに会ったとき、トリニアのよき女王になると思ったぞ。あんたほどトリニアを愛している者はいない。だからこそ出国を決意したんだろう？」

　オデットは腕を組んだまま、恥ずかしそうに俯きながら「まあな」と消え入るような声で答えた。

「国のために王位継承権を放棄するなんて決断、こんなに早くできる我欲のない人間がいるなんて、俺は驚いたし、尊敬している」

　オデットが顔を上げると、レオナルドがじっと自分を見つめていたので、面映《おもは》ゆいような、困ったような気がして目を逸らす。

「……そうか。そう思ってくれる人が一人でもいてくれて嬉しいよ。それにしても、全く女らしくない私を嫁に欲しいだなんて、お前は変わっているな」

　オデットは呆れたように笑ったが、レオナルドの双眸は真剣そのものだ。

「その愛を俺に向けてほしいんだ。俺の子を孕《はら》んで国母《こくも》になれ」

　あまりにストレートな求婚に、オデットの顔はさらに赤みを増した。

「わ、わかった努力する」

　レオナルドはにっこりと微笑みを浮かべて、ジュストコールのポケットから銀製の丸っこいものを取り出した。

「では、早速」

「早速？」

花や葉が彫刻された円柱形の銀製品から、布テープが引っ張り出された。

「俺は、段階を踏まずに物事を一気に進めるのが好きでね」

レオナルドがオデットの腰にテープを巻きつけてくるではないか。

「な、何を！」

「国王陛下自ら採寸してやろうっていうんだ、光栄に思え」

「はあ？　ただ単に触りたいだけだろう！」

「それもある。けっこう細いな」

そう言いながらも、そのテープの位置を上げてくるではないか。胸囲を測ろうとしているらしい。

「無礼な！」

オデットがそのテープを掴んで頭上に掲げた。

「乙女らしいところもあるんだな。照れてるのか？」

『乙女』『照れる』など、自分に合わない単語にオデットが悪寒を感じていると、レオナルドはさらにテープを引き伸ばして、その先端を地面につけ、足で踏んづけた。今度は身長を測る気らしい。

身長ぐらいなら仕方ないと、オデットが抵抗をやめると、レオナルドは、オデットの頭上までそれを引っ張り上げて、目盛りをチェックした。

「ヒール履いてこれか。思ったよりチビだな」

「お前が高すぎるんだ！」

気にしていることを指摘されて、オデットは肩を怒《いか》らせる。

「で、婚儀ではどんなドレスがいい？」

「どうでもいい！」

「あとで、お直ししたくなっても知らないぞ」

「着られればなんでもいい！」

レオンがなぜかニヤッといやらしい笑みを浮かべたので、オデットは嫌な予感しかしない。

「俺とのウエディングドレスなら、どんなものでも着てくれるってわけだな？」

彼の思考があまりに前向きなので、オデットはくらくらして、反撃の力を失ってしまう。

——だめだ、こいつ、反論しても無駄だ。

レオンはその隙に、指三本で彼女の顎《あご》を上げる。

「では契約成立の証《あかし》に……」

彼が背を屈めてオデットに口づけようとするので、オデットはあとずさった。

「成立させないのか」

「私が婚約破棄をしてからだ」

レオナルドが不愉快そうに片眉を上げた。

「神の教えを守ってるってわけか」

「ああ。当然だ」

「じゃあ、必ず婚約を破棄してこいよ」

オデットの腰に手を回して、ぐっと自身のほうに引き寄せ、彼女の唇に舌を入れた。

「ちょっ……んんん」

オデットに胸元を押されてもレオナルドは腰から手を離さなかったが、ひととき唇を離し、釘を刺すことを忘れなかった。

「契約成立したから、絶対に婚約破棄してこい」

こうして、両国の婚姻と同盟が秘密裏に決まった。

となると、問題は婚約者だ。

オデットは人払いをして、ルネを庭の温室に呼び出した。

温室は花の好きな王妃が作った施設で、一年中薔薇が咲き乱れている。もうすぐ夏を迎えようとしている今は、強い日差しを遮《さえぎ》るために周囲に幕が張られていた。ここなら、人目につくまい。

オデットは意を決し、ルネに告げる。

「ルネ、悪いが私は王位継承権を放棄すると決めた」

「なんですって!?」

憤った様子のルネに、オデットは冷ややかな視線を送った。

「悪いがもう両親に伝えてしまった。お前を王にしてやれなくて悪かったと思う。婚約も解消してやろう。貴族令嬢たちとの恋愛を大いに楽しむがいい」

ルネが柳眉を逆立てる。美しい者が怒ると凄味《すごみ》が出て、怖さも倍増だ。

「オデット、あなたはいつでも一人で決めるんですね。元々、私のことは種馬か何かだと思っていたんでしょう？」

オデットは驚き、ルネの美貌をまじまじと見つめた。

――口にしていなくても、こういうのは伝わるものなのだな。

「そ……それは失礼した。ルネの気持ちをもっと慮《おもんぱか》るべきだった」

オデットが頭を垂れて謝ろうとした瞬間、ルネに腕を取られ、びっくりして顔を上げた。ルネは女のような顔をしているくせに力があり、腕を自由にできない。

『今後は、もっと気をつけるんだ』

レオナルドの忠告が脳裏を掠《かす》め、冷や汗が出る。

「とかいって、あなたはのうのうと他国の王妃になるつもりだろう!?　私が何も知らないと思って見くびりやがって！」

ルネはそう声を荒げながら、オデットを温室のベンチに押し倒した。圧倒的な力の差があり、抵抗してもびくともしない。

「な、何をする！」

「種馬は種馬らしく、孕《はら》ませてやるよ。そうしたら、他国へは嫁げまい」

「私が悪かった！　謝るから、やめろ！」

ルネがオデットの首筋に吸いつき、胸当てのピンをひとつ外したところで、見たことのない二十代の男が現れ、ルネの両脇をがんじがらめにして制止した。

「いくら婚約者といえども、王女様への不敬行為です！　やめないと人を呼びますよ」

「誰だ、お前は！」

叫ぶルネに、男は落ち着いた声で答える。

「オデット様の新しい侍従です」

ルネがおとなしくなったので男が手を離す。ルネはしばらく怒りに震えながら二人を見ていたが、口惜しそうに踵《きびす》を返した。

ベンチの上には、髪と服を乱して呆然とするオデットが取り残された。

「お怪我はございませんか」

見知らぬ男にそう尋ねられ、オデットは我に返る。

「お前は誰？」と、慌てて服を直した。

「私はずっとナルミア国王様をお守りして参った従者で、リュカと申します」

オデットは手を止めて不思議そうに首を傾げる。

「ナルミア国王は帰国したんじゃ？」

「オデット様が心配だからと、私をここに残していかれました」

「そう……ん!?」

オデットは急に何かに気づいたように、リュカにゆっくりと目を向けた。

「……このこと、レオンに言うのか？」

「ええ、もちろんです。報告は義務でございますから」

平然と答えるリュカの前で、オデットは頭を抱える。

――うっわ。今度、馬鹿にされそう……。


二週間後、オデットはリュカから手紙を渡された。そこにはレオナルドの字で大きくこう書かれていた。

『襲われてんじゃねーよ、ばーか』

オデットが、その手紙をびりびり破いて捨てたのは言うまでもない。


ほどなくして、ブランシャール公爵家から正式に婚約解消の申し入れが来た。

社交界では、王女が王位継承権を放棄した途端にルネが手のひらを返したと、ブランシャール公爵家への悪評が立った。その噂を耳にして心を痛めたのは王妃だ。元々、王妃がルネを気に入って、婚約者にしたのだった。それなのに、隣国の王からの求婚をいいことに、婚約解消をさせたのが実情だったからだ。

だが、社交界一の美貌を誇るルネがフリーになったことは、淑女たちからは大いに歓迎されていた。ルネはちゃっかりと、息子のいない侯爵家の令嬢を射止めたのだった。

そして婚約解消から半年経ち、ほとぼりが冷めたところで、オデットのナルミア王国への輿入《こしい》れが発表される。

オデットは十八になっていた。

第二章　初夜での攻防戦

春、花咲き乱れる最も美しい時季に、オデットの花嫁一行は、馬車八台でトリニアの王都を発つことになった。ここからナルミアの王都まで、九泊十日の旅となる。

オデットは綾織の絹に、国花であるミモザの刺繍がちりばめられたドレスを着て、宮殿のエントランス前に立っていた。先代が贅を尽くして建てたテティエンヌ宮殿。クリーム色の壁に金の装飾、そして天使たちの彫像があちらこちらに配置されている。

空気のような存在で気にも留めなかったが、もう見ることもないと思うと、こんなに美しい建物がほかにあるのかと離れがたくなる。宮殿の前には使用人や近衛兵たちがすでに整列してオデットを待っていた。

オデットは五人の妹たちに取り囲まれ、一人一人を抱きしめていく。

そんな姉妹たちを、少し距離を置いて眺めていた国王夫妻だったが、母である王妃はオデットに歩み寄った。

オデットは彼女が最初に産んだ子だ。

当時は王子を産むプレッシャーもなく、単純に子どもが生まれたことが嬉しくて仕方なかった。

オデットは天使のように可愛かった。だが、その天使は成長するに従い、男子顔負けのやんちゃぶりを発揮していく。昆虫をたくさん集めて侍女を卒倒させ、馬に乗っては山を駆け上った。

心配ばかりかけさせられたが、こんなに面白い子はいない。

王位継承権が与えられ、帝王学を学ぶことが決まったとき、オデットの顔は喜びで紅潮し、瞳はきらきらと輝いていた。王妃はそのとき、男の子が生まれなくてよかったとさえ思ったものだ。

だが昨年、王子が生まれた。初めての男の子、久々の赤ちゃんで嬉しかったが、オデットの元気がなくなったことが気がかりだった。

王子誕生の祝賀舞踏会で、どのようにオデットに接したらいいかと、王と考えあぐねていたところ、オデットが馬で出かけて戻らないという侍女の報告があった。

周りの者たちが第一王女の扱いに困っていることを最も察知していたのはオデット自身なのだ。だからといって、オデットは怒ったりわがままを言ったりはしない。彼女は一人、静かに傷つき、皆に迷惑をかけないようにと、山に姿をくらますだけだ。

オデットは一見、がさつに見えるが、そういう繊細なところがあることを母はわかっている。ナルミア国王の求婚は、オデットの、この閉塞状態を打ち破る絶好の機会だった。

「結婚しても、違う国でも、あなたらしさを失わないで」

王妃の頬には涙が伝っていた。

その涙は娘と離れる寂しさからだけではない。王者となるべく育てられた娘が、果たして異国の〝王の妃〟という扱いに慣れることができるのかという心配も大きかった。彼女がまた傷つくようなことがあるかもしれない。

オデットが、そんな母の心配に気づくわけもない。ただ、あるのは、母、家族、そして、自分のものになると信じて深く愛したこの国と決別することへの悲しみだけだ。

いつしか、王妃を見つめるオデットの瞳からは涙が止まらなくなっていた。

輿入れ用の豪奢な馬車の前で、母娘は、しっかりと抱き合った。


オデットが乗り込んだのは六頭立ての四輪馬車という豪華なものだった。屋根部分が弧を描いていて、黄金の装飾で彩られている。前にも後ろにも、三角帽をかぶって盛装した御者が座していた。周りを騎馬の近衛兵たちに守られての出立だった。

道々で、国民が手を振ってくれるので振り返す。

——目に焼きつけておこう。私のものだったこの国を。

そう思うのに、涙がこぼれて風景が霞んでしまう。

オデットの馬車には、新しくナルミアに赴任する外交官のハリントン伯爵と、長年オデットに仕えてきた侍女のメリッサが同席していた。旅の無聊《ぶりょう》を慰めるための人選だった。

侍女のメリッサはオデットに同情的だったが、伯爵はあっけらかんとしていて、感傷に浸るオデットに楽しげに話しかけた。

「ナルミア国王は、なかなかの美丈夫でございますねぇ」

オデットは半眼で伯爵のほうへ振り向く。ハリントン伯爵は男色家として有名だった。彼が付けている香水のせいで、馬車の中は薔薇の匂いでむせ返るようだ。

「肖像画を見たんだっけ……ああいうのが好みなのか」

「ん～、顔もいいけど、普段、軍服を着てるっていうのもそそりますよね？　ストイックな軍服に包まれた魅力的な肢体……想像しただけでたまらないわぁ。ああいうタイプとは一回してみた……」

伯爵はそう言いかけてから急に焦ったように、片手を顔の前でぶんぶん振りながら、こう付け加えた。

「あ、でもオデット様に悪いから、セマりませんよ」

オデットも侍女も目を白黒させる。

「……伯爵、この外交官の仕事を受けたのは、もしやそれが目的か」

オデットが訊くと、しばし間が空いたのち、伯爵は微笑んでこう答えた。

「や～ね～！　オデット様が心配だからですよ」

オデットは『絶対違う！』と思ったが、こうして伯爵と話しているうちに心が軽くなっていくのを感じていた。

結局、二人はすぐに意気投合し、『オデット』『ミシェル』と、ファーストネームで呼び合う仲となる。

一団は、ナルミア国境まではトリニア王家の城や地元の有力者の邸宅に泊まった。国境の町でナルミアの近衛兵と合流し、ここでトリニアの近衛兵を返す。ナルミアに入ると、風景から山が消えた。トリニアにいるときは、どこにいても必ず山が見えたので、オデットは何か物足りないような感じがした。

トリニアの王都を発ってから十日目の午後、ナルミア王宮が見えてきてオデットは目を丸くした。

――広い！

城壁がどこまでも続いていた。

大勢の門番が大きな正門を開けると、その全貌が目に入る。

宮殿はトリニアのように華美ではないが、白地の壁には大きな窓があり、その窓と窓の間に彫像が飾られていて、サファイア色の屋根が美しい。この宮殿はナルミアの黄金期に、レオナルドの曽祖父が贅を尽くして建てたものだ。

オデットは塔のある別棟だけがくすんだ色をしているのが気になり、伯爵に尋ねてみる。

「あの黒っぽくなっている別棟はなんだ？」

「そういえば被雷した棟があるって聞いたことがあります。あれじゃないですかね」

伯爵も窓から、その別棟をのぞき込んでいた。

「塔みたいに尖《とが》っていると、雷が落ちやすいよな」

オデットは、そうつぶやいたあと別棟への興味を失い、馬車の窓にかかるカーテンを閉めた。

宮殿のエントランス前に馬車が到着すると、オデットは背筋を正し、厳《おご》かに足を踏み出す。こういうことは最初が肝心だ。ゆうに百人を超えるであろう使用人と近衛兵が整列しており、その前に、重臣と思われる年寄りの一団と、トリニアの外交官、そして、軍服に身を包んだレオナルドがいた。

初めて見る軍服姿に違和感を覚え、僅かだが、オデットの眉間に皺が寄る。

彼の隣に立つリュカもまた軍服を着用していた。肩に金モールつきだ。国王の側近として高い地位を与えられているようだ。赤子の手をひねるようにルネをのしたことからすると、彼はたたき上げの軍人なのだろう。

オデットに続いて、ハリントン伯爵が顔を出すと、今度はレオナルドの眉間に皺が寄った。彼は、あからさまに不愉快そうに双眸を細め、オデットの手を引く。馬車から少し離れたところで、屈んでオデットに耳打ちしてきた。

「なんで、外交官がこんなに若くて美形なんだ」

「ハリントン伯爵は男色家なんだ」

オデットがあっけらかんと答える。

「そういう触れ込みで、恋人を外交官に仕立てて他国に嫁いだ王女があった」

「そんな国があるか？」

オデットが怪訝《けげん》そうにしたので、レオナルドが話を付け加えた。

「一般には知られていない情報で、うちの諜報活動の成果だ。外交官交代はやめろ」

「私は信心深い人間だ。信用しろ」

以前、オデットが『神に誓って、そのような不貞行為は絶対しない』と言っていたことを思い出して、レオナルドは口を噤んだ。この言葉は、彼がナルミア国王だとは知らない時期に彼女が口にしたことだから本心のはずだ。

だが、心配事は排除しておきたい。

「それはそれ、これはこれだ」

レオナルドが譲ろうとしないので、オデットはやれやれと両目を上げ、話題を変えた。

「この城には、お前、家族がいないんだってな」

彼の眉間の皺が深くなった。レオナルドは父王から今の座を受け渡されたのではない。軍部のあと押しによって異母兄から奪還した王位だった。

そんなことはお構いなしで、オデットは自分を指差して微笑んだ。

「でも今日から家族ができるぞ、よかったな」

彼は一瞬、呆気にとられたあと、こいつには敵わないといったふうに、クスッと小さく笑った。

「え、ゴホンゴホ」

宮内府長官の咳払《せきばら》いが聞こえてくる。オデットとレオナルドが隅でいちゃついているようにとらえたようだ。

その横では、ハリントン伯爵が現トリニア外交官であるバイヤール伯爵と談笑していた。バイヤール伯爵は齢《よわい》、四十。オデットと彼とでは話が合わないだろうからと、トリニア王妃はハリントン伯爵と交代させるつもりだ。母親の見立て通り、伯爵とは気が合いそうなので、オデットは、どうにかレオナルドを説き伏せたい。思案を巡らしていると、宮内府長官の声が耳に入ってきた。

「では、オデット様に、女官と侍女を紹介しましょう」

女官二人と侍女十人が前に出た。

オデットは威厳に満ちた態度で十二人、一人ずつと目を合わせたのち口角を上げた。彼女は微笑んでいたのだが、まるでレオナルドの亡父のような威圧感があった。小柄な彼女がなぜか大きく見える。

女たちは一瞬驚いたあと、慌ててスカートの裾を持ち上げてお辞儀をした。

オデットはそれを一瞥《いちべつ》して厳かに告げる。

「これから世話になる」

オデットの話し方も若い王女という感じでは全くなく、女官や侍女が顔を上げたときには皆が皆、ぽかんと口を開けていた。


オデットは彼女たちに『王妃の居室』へと案内される。

女官二人は貴族で、一人は、セザール男爵夫人。十二人中、最も年長で三十二歳。王妃の世話をする者のなかに既婚者がいたほうがいいということで選ばれている。小柄なオデットより頭ひとつ分くらい背が高く、色っぽい。だが話すと頭の回転が速いのがわかり、動きもてきぱきとしていて、しっかり者という印象のほうが強くなる。

もう一人は、オベール子爵令嬢のアデールで十八歳。オデットと同い年ということで選ばれた。おっとりして優しそうな外見をしている。

『王妃の居室』は足を踏み入れるとまず前室、その脇に侍女の間、衛兵の間があり、応接室へと続く。奥に寝室、化粧室、浴室があり、どの部屋も広々としている。白を基調とした内装だが、壁や天井、家具は全て黄金で縁取られていてきらびやかだ。

この居室は、『王の居室』の隣にあり、国王夫妻共同の寝室は『王の居室』の中にある。

侍従たちが次々と荷物を運んで来るなか、女官のセザール男爵夫人がオデットに話しかけてきた。

「本当にお美しくていらっしゃいますのね！　国王様がご結婚を決められたのも納得ですわ」

オデットは外見を褒められて素直に喜べるタイプではない。

「レオンは社交界で相当遊んでいたのだろう？」

今でこそ国王づらをしているが、初対面のときには、かなり軟派な印象を受けた。

「ええっ!?　まさか！　その逆ですわ」

意外な反応に、オデットが疑いの目を向けたが、男爵夫人は気にせず続ける。

「あの通り、美形ですし、長身ですらっとしていて軍服が似合って素敵でしょう？　ですから、お顔に自信のある淑女たちが次々とアタックしたのに、なしの礫《つぶて》でしたのよ」

――レオンと初対面のとき、私は十四……。

もしや児童にしか惚れないとかいう性癖なのだろうかと、オデットは自分の胸に目を落とし、困惑した。すぐに顔を上げて会話を続ける。

「うん。まあ、王がモテるのは当たり前だ。私も王位継承権第一位のときは、婚約済みなのにもかかわらず、貴族の次男三男がわんさか言い寄ってきたぞ」

そこに、もう一人の女官、アデールが加わってきた。

「それはオデット様がおきれいだからですわよ。レオナルド様も国王様だからというのではなく、女性を惹きつける男性的魅力がおありだから。だって前国王はぜんぜ……ええっと。そんなレオナルド様が隣国にプロポーズに行かれたものだから、王宮中、大騒ぎでしたのよ！」

「ほほう、前国王はモテなかったと」

オデットの話し方には、誰もが『女王様！』とひざまずきたくなるような威圧感がある。

「え、いいえ、そんなことは私……」

アデールの目が泳ぐ。

女官二人は、オデットがあまりにも予想とかけ離れているのでとまどった。浮いた噂のないレオナルドを惚れさせた王女というから、蝶よ花よと育てられた淑女を想像していたのだ。

「前国王はレオンの異母兄だろう。政治家として碌《ろく》でもなかったが、女にも人気がなかったのか」

オデットが楽しそうに笑っている。女官と侍女の前で初めて見せた笑顔は、夫の兄が女にモテなかった話であった。


オデットは、それから式までの一週間、準備に追われることとなる。

式の三日前からリハーサルが始まった。まずはダンスの練習だ。舞踏会のホールは、三百人はゆうに踊れるであろうという広さで、その大きな天井には、神話の世界が描かれており、荘厳な印象を人々に与える。

そこにオデットは本国から持参した襟の詰まったドレスで現れた。よくこういうデザインのものを着ているのだ。レオナルドは彼女を見るなり、あからさまにがっかりした表情に変わった。

「また乗馬服みたいなドレスを着て……」

そういう彼は舞踏会でも軍服姿だ。ただ、今回ばかりは、豪華な金糸の刺繍が施されたもので、黄金の勲章を首に掛けた礼服だ。

「俺は本番の衣裳なのに、なぜ花嫁は違うんだ？」

レオナルドが会場の隅にいる衣裳係に冷たい視線を送ったので、オデットは彼女をかばうかのように、代わりに応じる。

「今、作り直してもらっているんだ。皆、徹夜で頑張ってくれたが間に合わなかった。明日には仕上がるだろう」

レオナルドが嬉しそうになった。

「以前、トリニアで、どんなドレスがいいか訊いたときは、『どうでもいい』と言っていたよな？」

「ああ、あのときはそう思っていた。すまない。私の気が変わったんだ。それよりダンスの練習をしよう」

「ああ」

レオナルドがオデットに微笑を向けて、彼女の手を取り、もう片方の手を背中に回す。

楽団がワルツを演奏し始め、彼がリードすると、小柄なオデットは彼の腕の中で、活き活きと踊った。彼女は元々体を動かすのが好きなのだ。レオナルドは、そんなオデットを満足そうに見つめていた。

† † †

その日の夕方、女官のセザール男爵夫人は王の執務室に呼ばれた。彼女はここに呼ばれたことが初めてであるばかりか、こうして王と一対一で話すことも、今までにないことなので緊張していた。それも仕方ないことだ。執務机を挟んで向こう側の椅子に座している〝軍人王〟は不機嫌そうに腕を組んでいるのだから。

「ドレスが間に合わないというのは、どういうことだ？」

このままでは、ドレス係の身に危険が及びそうである。

「そ、そうではなくて……サイズが合わないのです」

男爵夫人の返答に、レオナルドは訝しむように目を細めた。軍服を着用していることとも相まって、こういうときの彼は臣下を怯《ひる》ませるような迫力がある。

「王である俺自らメジャーで測ってきたんだ。念のため少し大きめに作っておいて、あとで調整と言ったはずだ。性格的に大きく見えがちだが、意外と小柄で華奢だと気づいていたので、俺は測ったんだ。メジャーは嘘をつかないだろう？」

夫人はためらいがちに口を開いた。

「……お胸が……」

「胸？」

「お胸部分が全然足りません」

「え？」

レオナルドの頬が赤くなったような気がしたが、そんなわけがないと、夫人は思い直した。

「オデット様のコルセットは主に、ウエストを絞るためでなく、胸を押さえつけるためにあったようです」

「……そんなコルセットの用途、聞いたことないぞ」

レオナルドが腕を解《と》いたが、双眸を細めたままなので油断はできない。

「ですので、母国からお持ちになった普段着は胸囲が小さく、襟の詰まったものがほとんどでした」

「だが、顔合わせや公式の場では、肩まで開いたドレスを着ていたぞ？」

「そういったドレスは胸囲が大きく取ってありましたが、どれも胸に大きなフリルをつけて胸の大きさが目立たないよう工夫してありました」

「なんでまた？」

「おそらく、オデット様は、お胸が大きいことを人に知られたくなかったのでしょう」

「あ、そ、そういうものか……」

レオナルドは手を口に当てて、呆気にとられたような、照れたような顔になった。

王宮舞踏会のときでさえも無表情な王の、そんな感情の動きを夫人は見たことがなかった。

「陛下が選ばれたドレスは肩が開いているので、コルセットでお胸の下部だけ押さえつけて着ても、お胸の上部が外にはみ出してしまいます」

「そ、そうか」

手で口を押さえたまま視線をずらすレオナルド。さっき頬が赤くなったのは気のせいばかりではないかもしれない。

「ですので、式典、晩餐会《ばんさんかい》、舞踏会用のドレス三着を衣裳係が必死で作り直しているところです」

「まあ、それは確かに小さく調整するのと違って大変そうだな。でも、またフリルを付けたりしているんじゃないだろうな」

「いえ、調整だけです」

「ならよかった、あのやたらでかいフリルは……そういうわけだったのか」

レオナルドは一人納得した様子だった。

「結婚式典でのオデット様、さぞやお美しいことでしょうね？」

レオナルドに「ああ、だろうな」と、柔らかな微笑で返され、今度は夫人が頬を赤らめる。いつもピリピリと政務のことばかり考えているレオナルドがこんな表情をするとは思ってもいなかったのだ。

† † †

国王夫妻の結婚式典が行われる大聖堂は、王宮の敷地内で最も背の高い建物だ。天に伸びるふたつの塔があるゴシック建築で、内部はサファイア色を基調とした色鮮やかなステンドグラスが美しい。外国から嫁いできた美しい花嫁を一目見ようと貴族たちが押しかけ、この広い大聖堂の中に入りきらないほどだった。窓の外から眺めている者まで出る始末だ。

オデットの顔を見て、ある者は称賛し、ある者は嫉妬した。

「あの大きな青い瞳、見たか！　人を惹きつける力があるな」

「キリッとした目元ですわね。そういえば、こういう芯の強そうな淑女は、うちの社交界にはいなかったわね」

「外国人に盗られるなんて、口惜しい！」

「絶対、政略結婚よ〜！」

そんな貴族たちの寸評に気づくわけもなく、荘厳な音楽のなか、大司教の前で二人は対面した。

その瞬間、オデットの片眉がぴくりと上がる。胸元にレオナルドの視線を感じたからだ。

——とうとうばれたか。

オデットは胸がふくらみ始めた十二のころから、これが嫌で仕方なかった。女らしさのかけらもないのに、胸だけは大きくなっていくのだ。しかも、動くときに重いし邪魔だ。だからコルセットで抑えつけた。

だが、公の場では肩の開いた服を着るのが習わしだ。故郷ではフリルでごまかしたが、こちらではそうもいかない。そんなわけでオデットは今、渋々、体のラインがわかる、真珠が縫い付けられた豪華な白のドレスを身にまとっている。

ちらっとレオナルドの顔をうかがうと、すこぶる機嫌がいい。

——どうやら小さい胸が好きとか、小児性愛者だとか、そういうことはないようだな。

だが、それならそれでレオナルドは女性受けがいいのになぜ、今まで結婚せず、あえてオデットを選んだのか、いよいよ謎が深まる。

式典が終わると、今度は晩餐会だ。

晩餐会の会場も豪華なもので、壁には人の背ほどもある名画が黄金の額に入れて飾られており、巨大なシャンデリアの蝋燭《ろうそく》が、その下にある長いテーブルを明るく照らす。

外国からの賓客も含め二百人ほどが、花々が飾ってある白いテーブルクロスのかかった長テーブルに着席していた。夫人たちのドレスが、それをさらに華やかに彩った。

その前の雛壇に国王夫妻が並んで座っている。

オデットは、国花であるコーンフラワー（ヤグルマギク）をダマスク織で描いた絹地のドレスに身を包んでいた。コーンフラワーは、サファイアの色を表現するときに使われるほど、美しい青だ。花嫁自身もドレスと同じ青い瞳を輝かせて、まるで人形のような可愛さであった。だが、彼女は、目の前のパンに夢中だった。

「ここのパンは、トリニアより美味《おい》しい。なぜだ」

「どうしたら、こんなにふわふわに焼き上がるのだ」

「甘味が少しあるのもいいのかもしれない」

自身の結婚式で、しかも凝った料理が次々と運ばれてくるというのに、オデットはひたすらパンについて話している。レオナルドは、自国のほうがいいと言われるのは嬉しいことだと思って相槌《あいづち》を打っていた。

そして舞踏会となる。

レオナルドは晩餐会と同じ儀式用の軍服だったが、オデットはロータスピンクのシルクシフォンを基調とし、三角の胸当てや袖など、あちらこちらに美しく繊細なレースが施されたドレスに着替えさせられていた。今度も肩が大きく開いたドレスだ。

レオナルドはオデットの前に手を差し出し、オデットがその上に手をのせる。楽団が演奏を始め、国王夫妻のダンスが始まった。

ファーストダンスで仲睦まじく見つめ合う二人に、会場が沸き立った。紳士淑女の瞳には明らかに『あの堅物がまさか……』という色が浮かんでいた。

オデットはその反応に驚かなかった。というのも、女官や侍女に調査済みだったからだ。

レオナルドは仕事熱心で、国民からの信頼は厚いが、王宮舞踏会は最低限しか開かないうえに、誘ってきた令嬢と義務的に踊るだけで、楽しいニュースを提供してくれる存在ではなかったとのことだった。それもあって無粋な〝軍人王〟と貴族たちから揶揄されることもあったようだ。

――なら、目の前でじっと私の瞳を見つめて、にこやかに踊っているこの男はなんだ？

しばらく考えたのち、オデットは思い当たった。レオナルドは自分と同じなのだと。彼女は母国のためにも、ナルミア国王と息の合うところをアピールせねばならぬと、こうして見つめ返して踊っており、きっと彼もまたそうなのだ。

いい仕事のパートナーを見つけたような気持ちになり、オデットがニッと微笑むと、レオナルドは愛おしいものを見るように双眸を細めた。

国王夫妻のファーストダンスが終わると、貴族たちが待ってましたとばかりに踊り始める。二人は壁際にある赤い絨毯《じゅうたん》が敷かれた玉座に移り、レオナルドはワインを、オデットはオレンジジュースを口にした。そこに次々と貴族たちが集まってきて、花嫁であるオデットを褒め讃える。

「陛下が、こんな美しい姫を一体どうやって探し出されたのかという話題でもちきりですよ」

「美男美女の息の合ったダンスに皆、見惚れてしまいましたよ」

といった塩梅《あんばい》だ。

オデットは、ここでは本音をしゃべらないという心積もりをしていて、「まあ、もったいないお言葉ですわ」などと口元を扇で隠しながら上品に返していった。実はその扇の下であくびをしていたりするのだが――。

そんなとき、薔薇の香りが近づいてくるのを感じて、オデットは顔を明るくして振り向いた。だが、そこにはいたのはハリントン伯爵ではなく、金髪に透明感のある翠《みどり》の瞳をした美しい女だった。着こなしの難しいアメジスト色のドレスを着用している。

「あら、レオン様、王妃様に紹介してくださらないの」

――レオン!?

オデットは、顔合わせのときのレオナルドの言葉を思い出していた。

『親しい人は皆、俺のことをレオンと呼ぶんだ』

レオナルドが立ち上がり、オデットの手を取ったので、オデットも腰を上げる。

「オデット。こちらは私の幼なじみのイヴォンヌ。バシュレ公爵という重臣の長女だ」

イヴォンヌはオデットに艶然と微笑みかけてきた。

「初めまして、王妃陛下。私も十八歳ですの。よろしくお願いしますわ」

「ああ。私こそ、こちらには友人がいないので、頼むぞ」

イヴォンヌは、オデットの威圧感に面食らいながらも笑顔を保った。

「まあ。光栄ですわ」

オデットはそのとき急にハッとした。

「そういえば、母国にも女友だちなんかいなかった！」

周りに妹たちがいっぱいいたので、今ごろになって気づいたのだ。

「は？」と、レオナルドとイヴォンヌが同時に声を発した。

「だって、私はドレスや宝石に興味がないからな」

レオナルドがプッと噴き出したので、イヴォンヌが憮然となる。

「あ、あら。オデット様はどのようなことに興味がおありですの？」

「算術と人間の歴史と、馬と虫の生態だ。イヴォンヌが興味を持ってくれるものがあると嬉しいのだが……」

レオナルドは横で笑い出してしまった。

「じょ、乗馬でしたら、私も好きですわ」

「そうか。よかった」

オデットが、にかっと笑ったところで、またすごい薔薇の匂いで鼻孔がくすぐられる。今度こそハリントン伯爵だった。二種類の薔薇の香りが混じって気分を害するレベルである。

「あら、オデット様、ご機嫌ですね」

軽快な言葉とは裏腹に、彼の眉間には皺が寄っていた。

「ああ。まあな」

オデットにとって伯爵は、この国では唯一、本音を話せる人間だ。二人から距離を置き、伯爵に近づいていく。

「誰です？　あの女」

伯爵が小声で訊いてきたので、オデットは口元を扇で隠しながら耳打ちした。

「幼なじみだそうだ」

「怪しい……」

伯爵が双眸を細め、イヴォンヌを睨み始める。だが、オデットはそんなことを求めていない。

――重臣の娘だから、まずいな。

話題を変えることにする。

「今日、あいつ、私の胸ばかり見てくるんだ」

伯爵が急に破顔した。

「やっと気づいたんですね。隠れ巨乳に」

「十四歳のときにせまってきたから絶対、小児性愛者だと思っていたんだがな」

「違ってよかったじゃないですか」

こうして楽しげに会話をするハリントン伯爵とオデットに、レオナルドは冷たい視線を送っていた。その不穏な雰囲気に気づいたイヴォンヌは扇の下で満足げに微笑みを浮かべて、その場をあとにする。

その空気に気づくことなく、重臣である初老のベルジェ侯爵は陽気にレオナルドに話しかけた。

「トリニアと婚姻で同盟を結ぶとは、さすがと思いましたが、しかもこんなに美しいとは……。一石二鳥ですな」

レオナルドは「ああ、まあ」とかろうじて返事をするが、心の中は仄暗《ほのぐら》い嫉妬心で占められていた。

いくらオデットが不貞行為はしないと言っていたとはいえ、他の男と顔を近づけて楽しそうに話す様子を目の当たりにすると、不快な気持ちは抑えられない。

だが、オデットがレオナルドのもとに戻ってきて腕を絡めて、じっと見つめられると、そんな気持ちは吹き飛んでしまった。こうされると、その柔らかな胸も時々あたる。

そのとき、曲が途切れた。

「オデット、また踊ろう」

「ああ」

ダンスに繰り出す二人を、ベルジェ侯爵は我がことのように嬉しそうに見守っていた。

舞踏会が終わったあと、新婚夫婦がやることといえば今も昔もひとつだけ。オデットとレオナルドは『王夫妻の寝室』へと向かう。

オデットは『王の居室』が近づくと、レオナルドの腕に回していた手を外した。

「どうだ、私の社交術は完璧だろう。これで両国の同盟関係は盤石だな。しかもハリントン伯爵も見目麗しく人たらしだから、これでトリニアの評価はうなぎのぼりだ」

レオナルドは少し傷ついたような顔になる。

「伯爵はそれでいいが、あんたの国は、もうトリニアじゃなくてナルミアだ」

「あ、それもそうだな、すまん。だが出身国がよく思われたほうがいいだろう？」

「まあ……な」

彼の気のない返事を受けて、オデットはしばらく考えたあと膝を打った。レオナルドは王妃となったオデットに、ナルミアが自分の国だと自覚して欲しいに違いない。

「今度、歴史の先生を家庭教師に付けてくれないか」

「ああ」

レオナルドが喜ばないので、オデットは首をひねる。

「あと、お薦めの歴史書があったら貸してくれ」

「ああ」

またしても予想とは違う、つれない反応にオデットは首を傾げる。男心は難しいと思った。

『王の居室』も、『王妃の居室』と同様に、白が基調で、黄金の装飾に彩られていた。部屋の構成も同じだが、こちらには書斎がある。最も異なる点は奥に、大きな国王夫妻共同の寝室があることだ。王妃の寝室の倍はあろうかという広さだ。

寝室に入ると、シャンデリアの蝋燭は消されていて、枝付燭台《ジランドール》のみが灯されており、やや薄暗い。中央に、五人はゆうに寝られそうな、黄金の天蓋《てんがい》付きの大きなベッドがあった。ベッド自体も、細かな黄金の装飾が施されている豪奢なものだった。

窓際には、コーンフラワーの花柄が入ったクリーム色の布地を張った黄金の長椅子が置いてある。レオナルドは、黄金の首駆け勲章、黄金のベルト、肩帯《サッシュ》を外していき、最後に軍服の上衣を、この長椅子の上に脱ぎ捨てた。

オデットはその様子から目を離せないでいた。軍人の装いを解くにつれて、だんだんと、彼女が知っている『レオン』に近づいていく気がしたからだ。

オデットの視線に気づいて、レオナルドが口の端を上げた。

「俺が脱いでるとこ、見てて楽しい?」

痴女扱いされたようで、オデットはぎょっとした。そんなふうにとらえられるなんて、不本意にもほどがある。

「はあ?　楽しいわけないだろっ!　なんで軍服なんか着てるのかって思って見てただけだ」

ベッドの前で仁王立ちになったまま、オデットはぷいっと顔を背ける。そんな彼女に、レオナルドが近づいてきた。昼間と違う雰囲気に、オデットはごくりと唾を呑み込んだ。

レオナルドがオデットと向かい合った。彼は上背があるので、目の前にあるのは彼のシャツの間からのぞく胸筋だ。

「軍服の男は嫌いか？」

——ああ、お前らしくない。

オデットはそう言おうとしてやめた。

「平和なほうが民は幸せだろう？」

「戦争をしたいわけじゃない」

顎にレオナルドの親指が、顎の下に、人差し指と中指が添えられて、オデットは一瞬ドキッとした。その指でぐいっと顔を上向かせられる。目の前にあるのは彼の顔。見たことのないような表情をしている。

——なんだ、この顔？　いつもが辛いなら、今は甘い、みたいな。

オデットは逃げたいような気持になり、視線を外してしまう。

「な……な、なぜ侍女がいないのだ」

「なんで侍女が必要なんだ？」

レオナルドが怪訝そうに問うた。

「こんなややこしいドレス、私一人では脱げない」

オデットはベッド脇のチェスト上にあった呼び鈴に手を伸ばそうとするが、レオナルドに腕を掴まれる。

「俺が脱がしてやる」

オデットは呆気にとられた表情で彼を見た。

「レオンは、そんな侍女みたいな仕事が好きなのか」

「ああ。大好きだ」

そう言うや否や、オデットを抱きかかえてベッドにそっと下ろし、唇が触れるだけの軽いキスをしてくる。

――そうか。結婚したから、キスなんて普通のことになるのだな。

「愛してる」

そこに沈黙が訪れた。

「どうして？」

返答がないのでレオナルドはそう問うたが、オデットがきょとんとしている。

「なぜ『愛してる』と返さないんだ」

レオナルドは眉間に皺を寄せ、いらだちを隠せない様子だった。それを受けて、オデットの眉間にも皺が寄る。

「まだ、何回か会っただけだろう？　愛しているかどうかなんてわからない。元婚約者よりお前のほうがいいのは確かだが……」

「そんな気持ちで結婚したのか！　あんたは」

レオナルドが声を荒げた。

「出国したいから結婚するって言っただろう？　今さら何を言い出すんだ」

レオナルドはいらだちが頂点に達したようで目を眇めて口をぎゅっと結んだ。しばらく黙り込んだあと、昏《くら》い声でこう告げてくる。

「お前を国母にはできない」

「え？　何を怒っているんだ」

「お前が俺を好きになるまでは子種はやらん！」

語気を強め、そう言いながらも、レオナルドはオデットの上衣のレースの中から、ピンを見つけだし、外していく。

「子種をやらないなら、脱がさなくていいだろう。お前の言うことは難しいな」

オデットが屈託なく笑った。

「可愛い顔しやがって！　止まらなくなるじゃないか」

彼のピンを外す手がすべる。

「止まらないけど子種はやらぬ？」

「そうだ」

レオナルドは真顔で答えながらも、手を休めない。やがてピンが全て外れると、スカートの中に手を突っ込み、釣鐘のような木製パニエを外して床に放った。

「つまり、私の体を慰みものにするのか」と、オデットが渋い顔をする。

「どうしたら、そういう解釈になるんだ」

彼は憮然としながらもコルセットをゆるめた。コルセットが下にずれると豊満な胸が露わになる。そのあまりの美しさに彼は息を呑んだ。

枝付燭台《ジランドール》に横から照らされた、その張りのある乳房、その頂《いただき》の蕾《つぼみ》はおそらく薄桃色であろうが、今は妖しく橙色《だいだい》に染まっている。

レオナルドは、壊れやすい大切なものを扱うかのように、そっと頂を舐《な》め上げた。

「ん？　まだ孕《はら》んでもいないのに……乳は出ないぞ」

オデットの冷静な声に、レオナルドは顔を上げて半眼となる。

「あんた……ムードを壊す天才だな！」

レオナルドは胸を愛撫する気を削《そ》がれ、ドレスを全て引っぺがすことにした。袖から腕を外し、ドレスを引き抜いていると、黄色い声どころか、威厳を持った声が聞こえてくる。

「侍女はもっと丁寧に脱がしてくれるぞ」

「侍女は愛がないから、それができる」

「そうか。愛とは激しいものなのだな」

オデットが妙に納得しているところで、レオナルドがコルセットと下着を外し終えた。オデットはもう、腰巻のようなアンダースカートしか身にまとっていない。

「あんた、ウエストが細いんだな」と、腹にキスを落とされているというのに、オデットはいらだっていた。

「お前は誰と比べているのだ」

「いい年した国王が、経験がないわけないだろう、さすがに」

オデットがしかめっ面になる。

「今後はほかの女としては駄目だぞ」

「嫉妬してるんだ？」

レオナルドはいたずらっぽい瞳を向けて、彼女の最後の一枚である、アンダースカートをむいた。

「お前も神の子だろう？　私はちゃんと純潔を守ってきたし、これからもそのつもりだ」

オデットは一糸まとわぬ姿となるが、腕で隠したりせず、両腕はベッド上に広がったままだ。

「愛してもくれない王妃のために、なんで操を捧げないといけな……」

言いかけて彼は口を噤んだ。

そこには、磁器のような白いすべすべとした肌、張り出した円やかな胸と細い腰、ぷっくりとした臀部《でんぶ》が、蝋燭の光の中で浮かび上がっていたのだ。想像以上の美しさだった。

「なんだ、失言を反省しているのか」

レオナルドは何かを振り切るかのように、一瞬ぎゅっと目を瞑《つぶ》ったあと、オデットの口内に舌を入れて歯列を割り、口の中を蹂躙《じゅうりん》した。

「んんん……」

オデットが彼の肩をたたく。

レオナルドは一瞬だけ唇を離し「息は鼻！」と、また続ける。オデットが何を考えているのか、彼もだんだんと掴めてきた。彼女は情緒面では十四歳のときのままだ。案の定、オデットは真面目な顔をして鼻で息をしている。

レオナルドは唇を離すと、耳たぶ、そして首すじへと舌を這《は》わせる。彼女に官能を教え込めば、少しは大人になるだろうという算段だ。

ふふふと、オデットが嬉しそうに笑うので、一瞬レオナルドの顔も明るくなった。が、視線を上げると、彼女が本当に笑っているので、くすぐったいだけだなと思い返す。彼は気を取り直し、そのシクラメンピンクの乳暈《にゅううん》をべろりと舐めた。

オデットが急におとなしくなる。

次に乳暈を口に含ませ、口内で舌を使って乳首を転がすと、彼女が少し仰《の》け反《ぞ》った。

彼は胸の愛撫を続けながら、もう片方の乳房に手を伸ばす。その先端を指の腹や手の甲で優しく撫でると、乳首に当たるたびに、オデットが脚をもぞもぞとさせ始める。

レオナルドは唇の位置を下げていく。オデットは、今度は笑わなかった。それどころか「ふう……ん」と、艶《なま》めかしく吐息をついた。

彼がオデットの淡い茂みの手前まで舌を這わせながら、両手を伸ばし、ふたつのピンクの尖りを指でつまんだ。

「ん？　……んんん？」

オデットの声が漏れ始めたので、レオナルドは指で、その先端をぐりぐりとねじってみる。

「え？　えええ？」

レオナルドは、なぜ疑問形なのかと不思議に思いながら、唇を胸から離し、オデットにキスをし

ようと上体を起こした。

そこには顔を薔薇色に染め、上気しているオデットがいた。

その表情を目にして彼の性は熱くなり始める。

「オデット、どうした？」

「ど……どうしたも何も……」

「何も？」

レオナルドは頬にキスをする。

「き……気持ちよすぎて……」

オデットの余りにストレートな感想に、彼の顔まで赤くなった。

「そ、それは光栄で……」

彼の漲《みなぎ》りは頭を上げ始めてしまう。

「さ、触られているのは胸だけなのに……？　なぜ、下腹《したばら》まで気持ちよく……なるのか？」

「そこまで気持ちよくなれるんだ……女って……」

レオナルドはこのまま突っ走ることにした。彼は乳首をいじりながら、顔の角度を変えて彼女の唇を何度もついばんだあと、頤《おとがい》へ、首へ、鎖骨へ、そして胸へとキスの位置をずらしてく。

もう、オデットは笑わない。そんな余裕をなくしていた。

「あ？　あ？　え？」

そのたびに、また疑問符付きの喘ぎ声のような音を漏らすだけだ。

それを受けてレオナルドは、乳首を舌で包《くる》みながら、手を下肢へと這わせ、中指と人差し指で彼女の花弁をいじった。そこはすでに蜜で溢れ返っていた。

レオナルドが口の端を上げた瞬間、オデットの不機嫌な声が聞こえてくる。

「お前、何をそこに垂らしたのだ」

「そんなことするかよ。あんたの体内から出たんだろう？」

「私はおもらしなど、三歳以来したことがない」

彼も不機嫌になる。

「さっき、下腹まで気持ちよくなるって言ったのはあんただろう！　これが結果だ！　もう黙ってろ！」

まず中指を蜜口に挿《い》れ、曲げたり伸ばしたりしてみる。くちゅくちゅと水音がする。

「や？　んん？　……な？」

次に人差し指も増やす。

「んは？　……んんん？」

指二本を抽挿させて、蜜壁をこすりながらも、彼は乳首の愛撫をやめない。オデットは二カ所を一気に攻められて、背を反らせて応える。自ずと胸を突き出す形となった。

「や？　はあ、んん？　や？」

オデットの、艶っぽい声で、彼の性はまた硬くなり始める。

そろそろ指と交代だ。

隘路《あいろ》に絡めとられていた指を抜いていく。それがまた蜜襞《みつへき》に当たったようで、オデットの腰がびくんと跳ねた。

レオナルドはトラウザーズの紐をゆるめ、切っ先を蜜口にあてがう。

「え？　や？」

指と違い、ねっとりとして弾力のあるそれが、太ももの間《あわい》に触れて、オデットは腰をくねらせてしまう。そして、すがるように彼の腕を掴んだ。

涙ぐみ、顔どころか胸元まで赤く染め、少し困ったような顔で彼を見上げるオデット。その表情は猛烈にかわいかった。そんなオデットを見つめながら、レオナルドがその熱い滾《たぎ》りを彼女の温かいそこへと穿《うが》った刹那……。

「いっだ――――!!」

叫び声とともに、オデットは両手でレオナルドの顔面を思いっきり押しやった。

「な、何を……」

そのはずみで彼の怒張《どちょう》が外れる。

「こ、こんなに痛いなんて聞いてない！」

オデットは涙ぐんで後退し、彼のそれに目を向けた。

「こんな大きいものをここに入れたら、痛いに決まってるだろ～～！」

大きな青い瞳に涙を浮かべて叫ぶオデットをあやすように、レオナルドは優しく語りかける。

「痛いのは最初だけだから我慢おし」

レオナルドは片手で、彼女の両手首をまとめ上げてベッドに縫いとめ、もう片方の手で彼女の片膝を上げ、切っ先を再び秘所へとあてがう。

「だから無理だってば！」

オデットが、彼の手を振り切ろうと両腕を動かすが、彼の手はびくともしない。動くたびに、そのたわわな胸が揺れて、さらに男の劣情を誘っていることもわかっていない。

「じたばたするんじゃない」

彼は真剣に、少しずつ隘路にその熱い滾りを打ち込んでいく。

「レオン、痛い！　やめろ！」

彼の腰には柔らかなオデットの太ももが密着しているうえに、彼女の中は温かく、蕩《とろ》けるような感触が彼の雄を包み込む。

「ここで、やめられるわけないだろう？」

レオナルドは自分の性を、愛する女の媚壁《びへき》にきゅうきゅうと密着され、その双眸を細めてオデットを切なげに見つめている。

「そんな目で見たってだめだ！」

彼は、オデットの中に入り込み、すぐにでも達しそうだったが、その温かな感触をできるだけ長く感じていたくて、ゆっくり奥へと挿れていった。狭くてうまく動かせず、抽挿は難しく、ただ、少しずつ少しずつ歩を進めていくことを心がけ、最奥までたどり着いた。

「え？　ええ!?」

驚きの声とともにオデットの抵抗がやんだ。

レオナルドが一定のリズムで腰をゆっくり引いてはまたゆっくりと密着させてくる。そうされているうちに、オデットは痛みのなかにもレオナルドとひとつになったような快感を子宮口で感じ取り、首を伸ばして顎を反らせ、大きく口を開けた。

レオナルドは上背があるので、オデットは顔を上向かせて初めて、彼の顔が目に入る。薄目でまつ毛の間からぼんやりと見える彼は、何かに耐えるかのように眉根を寄せ、だが、オデットの全てを感じ取ろうとしているかのように目を閉じていた。

そんな表情を目の当たりにしていると、痛みのなかにもゾクゾクと何か〝気持ちいい〟というには足りないような、過度な快感が背筋を駆け抜けていく。今までの人生、ずっと閉じていた途《みち》を無理やりこじ開けられているというのに、そこをみっちりと埋める彼自身を愛おしむかのように抱き締めてしまう。

それなのに、レオナルドは吐精寸前に性を抜き、白濁を外に出した。これが、彼なりの『子種はやらん』方法だった。

オデットは、その仕打ちに唖然とする。

そんな彼女の様子に気づくことなく、レオナルドは上体を起こして、シーツの上に広がるオデットの鳶色の髪を優しく撫でた。

「痛がっていたのに、すまない」

オデットは眉間の皺をますます、深くする。

「こんな痛い目に遭わせておいて子種をくれぬとは、どういうことだ？」

オデットが部下を叱責するように威厳をもって告げたというのに、レオナルドは、なぜか期待で目を輝かせて前のめりで尋ねてくる。

「欲しかったんだ？」

「べ、別にお前のだからではない！　国王から子種をもらうのが王妃の仕事だと聞いただけだ」

そっぽを向くオデットにレオナルドが半眼を向けた。

「王妃だとか国王だとかは関係ない。俺のことを愛していないんだろう？　それなら生まれた子どもがかわいそうだから、やらない。ただそれだけだ」

オデットが急に真顔になる。

「そうか……。それもそうだな。じゃあ、お前のことを好きになるように努力しよう」

「ああ、頼むよ」

レオナルドは、ぞんざいに答えるとすぐに眠りに就いた。彼女とのやり取りは精神的に疲れるものだった。


翌朝、レオナルドは、うなされて目を覚ます。

昔からよく見る、胸に石をのせられる拷問《ごうもん》を受ける夢だ。起きると、自分の胸の上に……オデットの尻があった。

思わず手を伸ばして、さすってしまう。柔らかくて、ぷりぷりと弾力もあって気持ちいい。昨夜、腹立たしいことがあったような気もするが、結婚とはいいものだなと思い直す。

するると、オデットが目を覚ました。

「おっお前！　人の意識がないときに尻を触るなんて……！」

起き上がり、ベッドの隅にあとずさるオデットに、レオナルドは溜息をついた。

「起きたら、あんたの尻が胸の上に乗っかってる俺の身になってくれ」

「あ！　そうだったのか。すまない。侍女にも、寝ている間に回転していたって時々、言われるんだ」

しばらく沈黙が起きたのち、レオナルドが腹を抱えて笑いだした。

「やっぱりあんたは最高だよ」

よくわからないが、レオナルドが楽しそうなので、オデットはにかっと笑った。

第三章　お月様には逆らえない

「……というわけで、ナルミア国王は、どうも私の体目当てのようだ」

レオナルドとの初夜について、翌朝、オデットは忌々《いまいま》しげに、ハリントン伯爵に報告していた。

伯爵は口にした紅茶を噴き出しそうになる。二人は中庭の六人掛けのテーブルに向かい合って座ってお茶をしていた。

花咲く木々のなか、春の陽光を浴び、小鳥のさえずりが耳をくすぐるという、この心地いい空間で、オデットが神妙な顔で何を言いだすかと思ったら――これだ。

「オデット、私のことを女友だちだとでも思っているでしょう？　全て赤裸々に、お父様宛ての書簡に書いちゃいますよ」

「子種をもらえないとなると、外交問題だ。書いて抗議したほうがいい」

身を乗り出すオデットを、伯爵は呆れ顔で見やる。

「書きませんよ。私はレオナルド様に同情しますよ」

オデットが憮然とした。

「ミシェルはどちらの味方なんだ」

「私はいつでも美形の味方♪」

伯爵は紅茶を口にしながらウインクする。

「本国に送り返すぞ！」

オデットは拳を作り、伯爵にパンチをするそぶりをした。伯爵はそれを避《さ》けながら笑って応じる。

「どのみち、あなたの旦那様は、今も私を送り返す気満々のようですよ」

「ええ!?　まだそんなことを画策しているのか」

オデットは顔をしかめて、拳を収めた。

「前外交官のバイヤール伯爵に、帰国せずに留まるよう圧力をかけています」

オデットの顔つきが険しくなっていく。

「姑息な……」

ハリントン伯爵は、いたずらっぽい微笑を浮かべた。

「まあ、国王の気持ちもわかりますけどね。私みたいな超ど級美形が王妃の横に侍《はべ》っていたら、嫉妬の業火で丸焦げですよ」

「このナルシストめ〜」

オデットがまた拳を作って腕を伸ばすと、伯爵は笑いながら手のひらで拳を受け止めた。そんな二人が冗談を言い合っている様《さま》を、執務室の窓から見下ろしている者がいた。

レオナルドだ。腕を組み、不機嫌極まりないという様相だった。

オデットとしては全く気が乗らないが、就寝の時間になれば王妃として『王夫妻の寝室』に行くしかない。その前に侍女によって着せられた夜着は襟ぐりが不必要に大きく開いたワンピース状の絹織物だった。侍女を煩わせたくないので、その夜着をまとってベッドの端に腰を下ろす。

レオナルドはオデットと向かい合って、窓際の長椅子に座り、ワインを口にしていた。酒の肴《さかな》は、彼女の深い胸の谷間だ。

オデットは彼の双眸を見据えた。

「私は好きでこんな破廉恥《はれんち》な夜着を着ているのではない。ここには、こんな夜着しかないのだ」

「別に普通だろ、そんな夜着」

レオナルドは何食わぬ表情で応えるが、実は、オデットが衣服に興味がないのをいいことに、胸の開いた夜着ばかり作らせて、着せるよう侍女に指示していた。

「大人の世界ではそういうものなのか。ただ、私は今、股が痛くて馬にも乗れないくらいなんだ。今日は、その大きなものを入れるのはやめてくれよ」

オデットは目を眇めて、レオナルドの股間を見下ろす。

レオナルドは、オデットの体を思いやって、今日はしないつもりだったのに、先回りして拒否されたことで急激に不機嫌になった。

「ふん、痛いことだけが本当の理由なのか怪しいものだ」

「どういう意味だ」

オデットの片眉がぴくっと吊り上がる。

「今日も白昼から男とお茶をしていたじゃないか。そもそも隣国の王《オレ》と見合いする前、その国の外交官だと思っていた男《オレ》とキスするぐらいだからな」

「あれは、お前が無理やり……」

オデットの言葉を遮り、レオナルドが続ける。

「だから、そういうことにならないように一人で出歩くなって、十四のときに釘を刺してやったんだろう？　それなのに、元婚約者にも襲われていたようだし」

「だが、ハリントン伯爵は男色家だ。安心しろ。そしてバイヤール伯爵をトリニアへ帰国させろ」

オデットは不愉快な気持ちを抑えつつ、できるだけ事務的な口調で告げた。

「そんなに伯爵と一緒にいたいのか」

「お前、嫉妬しているんだろう」

「そうだ」

レオナルドにあまりに堂々と答えられ、オデットは呆気にとられる。

「そんなに私を好きだなんて、変わったやつだな」

オデットが笑ったが、レオナルドは意に介さずに続けた。

「今度から、あんたが伯爵と話すときは、リュカを付けるからな」

「私は別に構わんが……いいのか。閨房《けいぼう》の内容が全て漏れるぞ」

レオナルドは信じられないといったふうに目を見開いて、彼女を見つめる。

「あんた何をしゃべってるんだ――！」

窓から差し入る朝の光は、天蓋から垂れるドレープに阻《はば》まれ、枕元には届かないようになっている。スケジュール的にも、レオナルドは、もう少し眠っていてもいい時間だ。だが、頬に何かが当たっているのを感じて目を覚ました。眼前にオデットの足指がある。彼女が足裏でぐりぐりと頬を押していた。まるで顔に蹴りを入れられているような体勢だ。今回は、オデットは裸ではないが夜着は捲《めく》れ上がり、ドロワーズが露わになっていた。

侍女はオデットが『時々』回転していると言ったらしいが、それは気を遣ってのことだろう。この様子からして、毎日回転しているとしか思えない。

起き上がると、彼の膝横にオデットの顔があった。襟ぐりがずれて、片方の胸が露わになっている。ちょうどそこにだけ光が当たっており、朝陽を浴びて美しく輝く薄桃色の小さな突起が目に入る。だが、セックスできない以上、目に毒だと思い、レオナルドがオデットの襟ぐりを直した瞬間、彼女は瞳をカッと見開き、がばっと起き上がった。

「人が寝てる間に、どこ触っているんだ——!!」

レオナルドは、『一生寝てろ!』と、心の中で悪態をついた。

† † †

日が高くなったころ、ハリントン伯爵が王の執務室に呼ばれた。

執務室には、窓際に年代ものの執務机がどっしりと置かれ、中央に会議ができるような大きなテーブル、あとは小さなローテーブルがあった。

レオナルドと伯爵はローテーブルを挟んで椅子に座って対面した。テーブルも年代もので、国花であるコーンフラワーが彫刻されている。これも国王が代々使っているものだ。

レオナルドは腕を組み、いらだちを隠さずに伯爵に尋ねる。

「一体、オデットは伯爵に何を話しているんだ？」

「何って、おそらく思っていること全てです」と、伯爵は肩を竦めた。

「例えば？」

「申し上げてもお怒りになりませんね？　お二人のよりよい関係のために、お役立てになるのでございますよね？」

「ああ、もちろん」

伯爵はごほんと咳払いしたあと、一気に捲《まく》し立てる。

「王は、子種をくれない。つまり生殖はしないが、私の豊満な胸を楽しむつもりだ。これは教会が許していない行為だ。元王女である私が慰みものにされているのだ。外交問題にしていい。また、愛される努力もせずに、『愛してる』と言えと強要するのもどうかと思う。まだそんなにお互いを知っているわけではない。だからいろいろしゃべっているのに、昨夜は黙ってろと言わ……」

「わかった、もういい」

レオナルドは途中で遮り、頭を抱えた。

「子種が欲しければ、『愛してる』と言えば済むことなのに……」

伯爵は、艶《あで》やかに双眸を細め、口元をゆるめた。

「心中があまりにだだ漏れで面食らいますが、嘘をつかないのがオデット様のいいところです。陛下もそこを気に入ってらっしゃるのではないですか」

「ん、まあ」

「私から見れば、陛下もオデット様と同じぐらい頑固に見えますよ。中で出したほうが気持ちいいだろうし、外に出したって完全に避妊できるわけではありません。まあ、オデット様にはそんな知識、ないでしょうがね」

「……君たちの国は、みんなそんなにあけすけなのか」

うんざりしたようなレオナルドに、伯爵はニヤッと片方の口角を上げて返した。

「いえ、おそらくオデット様と私ぐらいかと……。いいコンビでしょう？」

レオナルドは腕を組んで、しばらく目を閉じたあと、伯爵の双眸を見据えた。

「ハリントン伯爵、私は、あなたには早く帰国してもらいたいと思っていた」

「それは嫉妬心からでしょう？」

「ああ、そうだ。だが、やはりあなたには、ここにいてもらいたい」

「なぜ？　私は若くて美しいでしょう。ご心配にならないのですか」

伯爵は長い髪をふわっと掻き上げ、試すような視線でレオナルドを見つめた。

「まあ、心配といえば心配だが……それ以上に君が必要だ」

伯爵がレオナルドの手の上に手を重ねたので、それにとまどいつつも、彼は続ける。

「オデットの情報源になるから、時々、私と話してほしい……」

レオナルドは怪訝そうに伯爵の手に視線を落とした。

「……ところで、この手は？」

「ああ、ごめんなさい。こういう長く節ばった手、大好物なんです」

伯爵が首を傾げてウインクをしてくるので、レオナルドはしばらく固まってしまった。

† † †

『謁見の間』は王国の威信を見せる場なので、高い天井からは巨大なシャンデリアが下がり、国王夫妻の座る黄金の椅子の下には、深紅のベルベッドを敷いた五段の階段がある。立っている謁見者よりも国王夫妻の目線の位置が上になるようにできているのだ。

週二、三回、国王夫妻は揃って『謁見の間』に出る。結婚当初は外国の賓客や貴族からのお祝いばかりだったが、徐々に祝賀ムードが薄れて、国民の陳情も入るようになった。

今日は、村長八人がやってきた。村長だというのに、八人とも肌が日に焼けており、農作業もやっていることが見てとれる。経済的に余裕のない村なのだろう。だが、八つの村を併せると五十ヘクタールにも及ぶ大穀倉地帯だ。

今年は雨が降らず、干ばつの危機があるとのことで、レオナルドに窮状を訴えていた。

オデットは、レオナルドがどういう判断を下すのか注視していた。それによって彼の王としての器がどれほどかがわかるというものだ。民を大切にするなら、干ばつの度合いによっては税を軽くしてやるだろうが、ひどい場合は、無能な村長として罰することもあるだろう。村長たちだとて、そのくらいの覚悟がないと、国王に直訴などしない。

だが、レオナルドは、どちらでもなかった。

「以前、干ばつが起こったときは餓死者が出ていたから、そなたたちの心配はよくわかる。これからは、干ばつが起こらないようにするためには何をしたらいいかを考えるべきだ。可及的《かきゅう》速やかに、近くのボージャ川から水を引き込む工事を行うよう指示をする」

村長たちは垂れていた頭を急に上げた。その瞳は感動と希望とで輝いていた。

ぺこぺことお辞儀をして去る八人が『謁見の間』から退出したとき、オデットの瞳もきらきらと輝いていた。感心したようにレオナルドに語りかける。

「私には、こういう回答は思いつかなかった」

「しょっちゅう干ばつが起きる、あの穀倉地帯を元々どうにかしないといけないと思っていたから、渡りに船だ」

「お前は若いのに立派な王だな」

八歳年下のオデットに褒められて、レオナルドは困ったように眉を下げ、口角を上げた。

「別に、民のためじゃない。収穫が増えれば国庫も潤う」

オデットは手を伸ばし、彼の手の甲に重ね、じっとレオナルドの双眸を見つめた。

「……私は、もう痛くないぞ」

レオナルドは目を丸くする。また痛がるのではないかと思って、ずっと手を出せずにいたのだ。もう片方の手でオデットの手を取り、手の甲に接吻したところで扉が開いたので、慌てて手を離した。

その晩、仕事が長引いたレオナルドが『王夫妻の寝室』に入ると、オデットは相変わらず胸元の開いた夜着を身に着けてベッドの上にいた。ベッドヘッドに立てかけられたクッションにもたれて、立てた膝上に分厚い本を置いて読んでいる。ナルミアの歴史書だ。

「勉強家だな」と褒めると、「……まだ知らないことだらけだ」と、オデットが本を閉じた。

「もう河川工事の指示は出したのか」

レオナルドもベッドに上がり、オデットの隣に腰を下ろした。

「ああ、もちろん」

オデットによく思われたくて、最優先で処理をしたことは内緒だ。

「来月、視察に行って、工事に喝《かつ》を入れてくるよ」

それを聞いたオデットの瞳がきらめいた。

レオナルドは、これをチャンスとばかりに、彼女の肩を抱き、背を屈めて唇を重ねた。すると、オデットが少し口を開けたので、彼はゆっくりと舌を入れていく。彼女の舌が温かくそれを包み込んでくれた。くちゅくちゅとしばらく堪能したあと、レオナルドは唇を離して、いつもの問いかけをする。

「本当は俺のこと、愛しているんだろう？」

意外にも、オデットが、レオナルドの首に両の手を回して微笑みかけてくる。

「今日は尊敬している」

吸い込まれるような青い瞳に真っ直ぐ見つめられ、レオナルドは照れくさく感じながら微笑んだ。

「尊敬が愛に変わる日は近そうだな」

「かもしれない」

オデットは膝立ちになって彼に口づけた。レオナルドがオデットからキスしてもらったのは、これが初めてだ。彼女の唇は赤く、柔らかく、甘い――。

レオナルドは首にオデットの手を巻きつかせたまま、片腕で彼女の背を支え、そっとベッドに横たわらせた。彼女の口の奥の奥まで舌を圧《お》しつける。空いているほうの手を夜着の裾から中へと忍ばせ、上へ上へと這わせていく。

オデットは、その手の動きに感じたらしく、何度も小さく腰を揺らした。

前回と全く違う。

オデットが〝尊敬〟と言い換えたのは、きっと照れからで、レオナルドのことを愛しているとしか思えない。

レオナルドは彼女の口内で舌と舌を絡めながらも、その大きな手で乳房を優しく包み込み、親指で敏感な先端を弾く。するとオデットがびくんと顔を傾けたので唇が離れた。長く深い口づけだったので、口元に透明な液がほとばしる。

「ふぁ？　んん？」

オデットは目をぎゅっと閉めて、顔を上げて口を開けた。強すぎる快感を全て呑み込もうとするような、逃れようとするような、どっちともとれる所作だ。

レオナルドは、彼女の媚態にごくりと唾を呑む。片手でオデットの夜着をたくし上げて豊満な乳房を露わにした。その先端はすでにツンと立ち上がっていた。彼は思わずその乳暈にかぶりつく。

「んん？」

レオナルドの口内で、その舌を巧みに使って乳首を転がされるたびに、オデットの瞳は恍惚としてくる。以前と同じ好反応に、彼女はこういう愛撫に弱いと確信した。レオナルドはそうしながらも夜着を彼女の頭から引き抜く。身に着けているものはもう、ドロワーズだけだ。

レオナルドは、両手でドロワーズを掴んで下ろしながら、腹から下生えへ、太ももへ、ふくらはぎへと舌を這わせていく。その間《かん》、オデットは、脚を痙攣《けいれん》させ、はぁはぁと荒い息を漏らしている。それを耳にしながら、ドロワーズを脱がし終えたときには、彼の唇はオデットの踝《くるぶし》にあった。彼は上体を起こし、自らのガウンを床に放る。

全てむき出しとなったオデットに覆いかぶさり、レオナルドは顔の角度を変えて何度も口づけをした。初夜のとき、彼は服を脱いでいなかったので、裸で抱き合うのは初めてだ。直に触れる彼女の吸いつくような肌。しかもどこもかしこも柔らかい。それだけでレオナルドの漲りは熱を帯びる。

「あんたの体、温かいな」

レオナルドが頬ずりしながら耳元で囁いた。

「レオンは少し冷たい……暑がりの私にはちょうどいい」

オデットがふにゃっと笑う。

「うん、昔からそうなんだ……温めて」

今日のオデットはそんな彼の望みも受け容《い》れてくれた。両手をレオナルドの背に回し、ぎゅっと抱きしめ返す。その温かく柔らかな乳房の感触に、レオナルドは「あ……」という声を漏らしてしまう。

オデットが勝ち誇ったような顔になり「気持ちいいのか」と訊きながら、胸をぐりぐりと押しつけてきた。

「気持ちよくなるのは……あんたのほうだ」

レオナルドは負けじと、彼女の耳を甘噛みする。

「ひゃ？」と、オデットがくすぐったそうに片目を細めた。

レオナルドはちゅっちゅっと、口づけの位置を下げていき、再び乳房に辿り着いた。オデットの乳暈を下から掬《すく》うようにベロリと舐めたのち、甘噛みし、再び口内で乳首をもてあそぶ。するとオデットの自我が融け始めたようで、またあの疑問符つきの喘ぎ声が漏れ始める。

「はぁ？　ええ？　ん？　ええ？　ん？」

次に彼女の膝裏を掴んで脚を上げさせてから、指先を膝から太もも伝いに、秘所に向かって、つつつと這わせる。すると、太ももも弱いらしく上げた脚をぴくぴくとさせながら「や？　はあ？」とまた疑問符が聞こえてくる。

そして中指を蜜口に挿れていく。抵抗がないせいか前よりも挿れやすい。指をもう一本増やし、隘路の中で二本の指を広げた瞬間、オデットの腰がびくんと跳ねた。どうやら、オデットが感じやすいところに当たったようだ。レオナルドは、しばらくそこを攻める。

「あ、や……んん」

オデットの喘ぎ声から疑問符が消えた。やっと気持ちよさを認めてもらえたようで、レオナルドは嬉しくなる。そして、この位置をしかと頭に留めた。もう彼の性は滾っており、これ以上我慢できそうにない。そろそろ指と交替だ。彼は指をそっと抜く。

指に血が付いていた。

「え？　血？」

もう処女ではないはずと、レオナルドが驚いてオデットに視線を向けると、彼女が、はっとしたように目を見開いた。

「すまん、今日はもう駄目だ」

素早くレオナルドから離れて、呼び鈴を鳴らす。

オデットに、月のものが訪れたのだ。

レオナルドは、これからというときにストップがかかり、がっくりと肩を落とした。タイミングが悪いにもほどがある。

しかもオデットは月のもののときは、共同の寝室では寝ないと言って、『王妃の居室』に帰っていってしまった。隣の部屋だ。

レオナルドは、大きなベッドの真ん中で大の字になり、目を閉じる。にぎやかなオデットがいなくなり、寝室は物音ひとつしない。一緒にいるとうるさいと思うが、いないと寂しいなんて、我ながら勝手なものだと、自嘲した。

朝、起きても、オデットはいない。

そこで彼は、どんな体勢でオデットが眠っているのかを見るのが、毎朝の楽しみになっていたことに気づいた。


レオナルドはオデットより先に、朝食のテーブルに着いた。書類を読んでオデットを待つが、正直、内容はあまり頭に入ってこない。

そこにオデットが髪を結い上げて、侍女二人を伴って登場した。彼はなんだか久々にオデットに会ったような気さえする。

それにしても女というのは、何事もないような顔をしながら、そのスカートの下では血を流していたりするのか。こういうのは結婚しないとわからないものだと思う。

「昨日はよく眠れた？」

隣の席に座るオデットのほうに上体を向け、声をかける。

「ああ、私は月のもののときは死んだように眠るんだ」

「ふーん。そういうものか」

オデットは、すでにサーブしてあるパンに手をつけた。

「あと異様にお腹がすく」

パンを美味しそうに食べている。

「空腹は最高の調味料だ。よかったな」

レオナルドは慈しむような瞳で微笑むが、何も口に入れる気がしない。

「お前は少食だな」

「ああ、俺はパンなんかより、あんたを食べたくて仕方ないんだよ」

げふ、げふんと、オデットがむせた。

「変なことを言うからパンが喉に詰まるところだったではないか！」

そんなオデットをレオナルドは横目で見下ろす。

「俺は、あんたほど変じゃない」

「お前のほうが変だ。普通、食べたいものは人間じゃなくてパンだろう？」

オデットは紅茶を飲みながら、片目だけ開けて彼をちらっと見た。

「その、女の事情はよくわからんが、早くこっちの寝室に戻るんだ」

「寂しいんだろう？」

オデットがいたずらっぽく笑う。

「ふん。寂しくなんかあるか。あんたがもったいぶって、なかなか食わしてくれないから、飢えてるんだよ」

「素直じゃないな」と、目を眇めた。

「で、一週間、戻ってこないとか言うんじゃないだろうな」

レオナルドは椅子の背に体重を預ける。

「まあ、四日目くらいからなら、戻ってもいいかな……」

そこで急に、オデットは彼に顔を向け、キッと睨んできた。

「だが、終わるまでは絶対に手を出すなよ！」

「出さねーよ。血まみれなんてごめんだ」

彼は、そんな悪態をつきながらも、ポケットから鍵を取り出し、オデットの前に置く。

「なんだこれは」

「執務室の鍵」

オデットは鍵をつまみ上げて、目の前にかざした。グリップ部分に貝と龍の王家の紋章が象《かたど》られた鍵だ。黄金なので、見かけよりずっしりと重い。

「俺に会いたくなったら、昼間、俺の執務室に来てもいいぞ」

「私も仕事をするのか」

「いいね。忙しいから手伝ってくれよ」

「どうして鍵が必要なんだ」

「時々、謁見や会議で席を外しているから、そのときは、執務室の中で待っていたらいい」

「執務室は妃といちゃつく場所じゃないだろう」

オデットはガチャリと鍵をテーブルに置いた。

「別に俺はいちゃつくとか言ってないぞ」

レドナルドは人差し指と中指でオデットの顎をくいっと上げる。

「もちろん、あんたがそう望むなら、いちゃついてやってもいい」

レオナルドが、してやったりといった感じの笑みを浮かべると、オデットがカッと急に赤くなった。

「お前のことだから、そういう目的があるのかと思っただけだ！」

ぷりぷり怒りながらパンを齧《かじ》るオデットを見ながら、レオナルドは顔をほころばせた。

周りに侍る使用人たちは、いつも無表情で食事をとっていた国王が、とても楽しそうに笑うのを目の当たりにし、驚きを隠せなかった。

第四章　性交は、気持ちよすぎて危険

オデットの月のものは一週間で終わり、そして迎えた夜――。

「愛してる……」

『王夫妻の寝室』では、ベッドの上で、レオナルドがオデットをじっと見つめて返事を待っていた。脚を伸ばして座るオデットの両脚を跨いで、レオナルドは彼女の顔に自身の顔を近づけている。

オデットはいつもの胸元の開いた夜着で、レオナルドはガウン一枚だ。

オデットは、彼を間近に見て、昔飼っていた大型犬を思い出していた。

――あの犬も餌を前に、こんな目をしていた。可愛かった。

「私が愛していると言わないと、お前は今日も子種をくれぬ気か」

「ああ。『愛してる』と言うんだ、オデット」

レオナルドが心なしか切なそうで、オデットの心はきゅんとなったが、今さら『愛してる』なんて返すのは恥ずかしくて無理だ。

「そんなこと、強要して言ってもらえて嬉しいか」

――そもそも子種欲しさに『愛してる』なんて言われたいのか、レオンは……。

「強要は、しない」

艶っぽい目つきをオデットに向けたレオナルドの顔がもっと近づいてきて、耳朶《じだ》を甘噛みされた。

オデットは思わず官能に流されそうになるが、踏み留まる。

「わ……私は、たやすく愛という言葉を使う人間にはなりたくないのだ」

「俺はたやすく言っているわけではない」

「ああ、わかっている。お前のそれは本当だろう。お前は立派な人間だ」

「あんたの言うことはわけがわからない」

そう言って、レオナルドが屈託なく笑った。

——笑ってくれた……。

ただそれだけで、オデットの心の中に幸せな気持ちが広がっていく。レオナルドの少し冷たい唇が重なる。

——キスするとき、お前が双眸を細めるのを見るのが好きだ。

滑らかな彼の舌がオデットの口内にゆっくりと侵入してくる。

——これをやられると、なんだか全身を甘い痺《しび》れが包んでくるんだ。

オデットは彼の背中にしがみついてしまう。しばらくピチャピチャという音が続いた。

——口の中でお前と溶け合っていくようだ。

レオナルドが唇を離すと、半ば伏せた瞳に長いまつ毛がかかっていた。

——こういうときの、お前の目つきはとても色っぽい。

彼がオデットの夜着の襟ぐりのリボンを解き、下にずらしていく。

――私も、わかってきたんだ。この脱がせやすい夜着は、お前の注文だろう。でも、気づいてないふりをしてやってもいい。

その夜着を足から抜かれたと思ったら、今度はレオナルドが自らのガウンを脱ぎ捨てた。彼は国王ながらも軍事訓練に参加しているせいか、王侯貴族とは思えぬがっしりとした体つきをしている。その鍛えられた上腕筋から目を離せないでいると、乳房の先端に湿ったものが触れる。

「は？　あ？」

――本当にわからない。なぜ、胸を舐められると下肢が痺れるのか？　そして、あの透明な液体が私の太ももを濡らしていくのか。

もう一方の乳房が彼の手に包まれた。オデットが視線を下げると、大きな手のひらに下から持ち上げられて、いつもより張り出した乳房が、そこにあった。ちょうど親指が、その尖りの位置にあり、そこを弾かれていくうちに、下腹部の痺れは、えもいわれぬ快感へと変わっていく。

「ん？　え？」

彼が、もう片方の手を下肢のぬかるみに伸ばして指でその蜜を掬《すく》い取り、目の前に持っていった。

――月のものは終わったばかりだから、確認しなくてもいいのに。

オデットがそう思いながら眺めていると、レオナルドは「濡れてる……」と、彼女を一瞥して満足げに微笑み、指を舐めた。

オデットは、ぎょっとしてあとずさる。

「頭、おかしくなったんじゃないのか！　今日はその口で私の唇にキスするなよ！」

レオナルドが、いきなり不満そうになり、じとっと湿った視線を向けてきた。

「オデットは、ここが汚いと思っているのか」

「当たり前だろう？」

「人はここから生まれてくるんだぞ」

「それはそれだ」

「俺はあんたのここが美しいと思っているんだ」

オデットは、頭がくらっとした。

——これが『恋は盲目』というやつだろうか。昨日、鏡で、そこを初めて見たが……全く思い出したくもない。

オデットがその造形を思い出して気持ち悪くなっているところで、急に、レオナルドが両太ももを持ち上げたので、後ろに倒れてしまう。

「なにを……！」と、肘を突いて上体を少し起こすと、レオナルドが膝裏にキスしていた。そこから太ももへ、そして秘所へと、舌を這わせていく。

「ん？　や？　ええ？　あれ？」

彼の頭がオデットの太ももの間《あわい》にあるという理解しがたい光景なのに、なぜか秘所から全身へと快感が飛び火していき、背中をびくりと大きく反り返らせてしまう。

レオナルドの舌は驚くべきことに秘所に留まり、そこでぴちゃぴちゃと、あの液体を舐めている。

——昔飼っていた猫みたいだ。ミルクが好きだった……ってそうじゃない！

「そんなとこ……な、舐めるな……！」

　オデットは脚を閉じてやめさせようとするが、レオナルドが手で太ももを固定させているので、太刀打ちできない。花弁や蜜芽を舌で優しくこすられ、あまりの快感にガクガクと脚を痙攣させてしまう。

「え？　や……やめ……！　私までおかしく……！」

　レオナルドは、それが聞こえていないかのように続けている。やがてオデットから力が抜けると、彼は手で脚を固定するのをやめて、片手を伸ばし、指先で乳首をぐりぐりとねじってきた。

「や、ああ！」

　オデットは涙を浮かべて叫ぶ。もう何も考えられない。

　レオナルドは追い打ちをかけるかのように、舌を彼女の中に挿れ、蜜壁を刺激していく。

「ふわっ！　や……んんん」

　オデットが手でシーツを握りしめて全身で悶《もだ》えるものだから、美しい婉曲《えんきょく》を描く乳房は、ふるふると揺れた。レオナルドは上目遣いでそれを眺めながら、淡々と舌で愛撫し続ける。

　そんな彼の眼差しはオデットには野性味を持って見えて、心震わせてしまう。元婚約者のルネは女性のように美しかったが、レオナルドは違う。彼の顔は男ならではの精悍な美しさがある。

　彼女の中からどんどん溢れ出す蜜をじゅるると吸う卑猥《ひわい》な音が耳に入った。恥ずかしいはずなのに、なぜか今はそれがオデットの快感を高めていく。

「あ、はあ！　や！　やめ……！」

背を大きく弓なりにさせたあと、オデットは頭の中が真っ白になり、どーんと一気に力が抜けた。

レオナルドは一旦、上体を起こした。満足げに舌舐めずりし、オデットの顔を見下ろす。うつろな目で彼を見ているオデットの頬を両手で優しく包み込んだ。

「違《い》ったな」

——何を言っているんだ。私はここにいる……。

オデットは、そう口にしようと思ったが、ふわふわと浮かんでいるような気分でそれができない。

レオナルドはオデットに寄り添い横になった。愛おしそうに髪の毛束を手に取ってキスを落とし、髪を優しく撫で始める。それが気持ちよくて、オデットは視線を彼のほうにやり、ふにゃっと微笑んだ。

その微笑がいけない。再びレオナルドのスイッチを入れてしまった。彼は、オデットを自分のほうに向けさせ、大腿を彼女の脚の付け根に割り入れて、蜜でぬらぬらとしているそこをこする。

「あ……」と、オデットが腰をびくっとさせた。

いい反応だ。レオナルドは彼女の首筋に舌を這わせてみる。「は……あぁ……」という艶っぽい声が漏れた。以前、オデットは、首に触れられても、くすぐったくて笑っただけだったが、今は違う。敏感になっている。レオナルドは、その手でオデットの乳房を包み込んで円を描くように撫でながら、もう片方の手で太ももを上げて、横で向かい合ったまま彼の怒張を一気に穿つ。

「あ！　んん」

オデットは横向きが初めてなので、刺激されたことのないところを突かれ、今まで感じたことのない快感を全身で感じとった。そのままじっと繋がっていたいと思っていたところを、レオナルドが抽挿を始める。彼のそれが動くたびに自分の中が、ひくひくとうねるのがわかる。まるで彼を逃さないかのように、締めつけてしまう。それと同時に奥を突かれるたびに、下肢から頭頂まで全身を、体感したことのない快感の奔流が駆け上がっていった。

オデットはもう涙ぐんで喘ぐことしかできない。

「ど、どして？　も、だめ……」

その大きな青い瞳を涙で潤ませ、彼の腕にすがるオデットの手に力がこもる。そんなオデットをじっと見つめていたレオナルドは繋がったまま、オデットと自分の体を転がして、彼女を仰向けにし、耳朶を咥《くわ》えて、口内でしゃぶった。

「あんたが達《い》ったら、俺も達《い》く」

レオナルドに耳元で艶っぽく囁かれて、オデットはそれだけで達しそうになる。ただでさえ腰を押し付けられるたびに、自分の中が彼でいっぱいになったような悦《よろこ》びでおかしくなりそうになっていたのだ。抽挿の速さが増すにつれて、その喜悦もまた増していき、やがて絶頂を迎えた。

レオナルドは途中で抜く余裕がなく、中で精を放ってしまう。だが、彼女は快感に打ち震えており、抗議するどころか、吐精されたことにも気づいていない様子だ。

二人ともしばらく肩で息をしていたが、オデットはそのまま眠りに落ちた。その愛らしい寝顔を見ていたレオナルドも、うとうとと幸せな眠りに就く。

レオナルドが朝の光を感じて目を覚ますと、後ろからオデットに抱きつかれていた。今までにないパターンだ。背中に柔らかな双丘が当たって気持ちいい。

彼は、昨晩芽生えた愛情ゆえに、オデットがこの体勢になったのだと確信した。自身の腹の上で組み合わされた彼女の手を優しく撫でる。すると、オデットがもぞもぞと動き始めた。

「おはよう」

レオナルドが顔だけを振り返らせると、バッとオデットが離れた。

「どうした？」と、彼が体を、ごろりと回転させる。すると目の前に顔を真っ赤にしたオデットがいた。

彼女が視線をずらす。

「きょ、今日は謁見だな……」

レオナルドは起き上がろうとするオデットの手を引っ張り、ベッドに仰向けにさせた。

「今ごろ照れてるの？」と、おかしそうに微笑む。

「照れてなんかいない」

ぷいっと横を向こうとするオデットの顎を掴み、自分のほうへ向けさせ、舌で歯列を割り、彼女の舌と絡ませる。オデットは、それだけで恍惚として双眸を細めていた。

「あんたは、もう、俺の虜だ」

レオナルドは口づけながら、手で乳房を優しく撫でる。指が乳首を掠めるたびにオデットの甘い声が漏れる。もう疑問形ではない。

「ん、は、や……あ、は……」

レオナルドはその手を太ももに移し、そこをまずは、手のひらで、次に裏返して手の甲で、少し離して指で撫でていく。そんな様々な感触にオデットは脚をびくびくとさせて応えた。

「あ、そこ……だ、め」

オデットが潤んだ瞳を向けてくる。

「なんで？」と、レオンが指を徐々に秘所へと近づけて行く。

「や……あ……あ」

その指が彼女の秘所に辿り着く。そこは何かへの期待で涎《よだれ》のように蜜が垂れていた。彼はその期待に応えて、濡れた蜜芽を指先でくちゅくちゅといじる。

「え……や……そんな」

そんな思いがけないところに快楽の源があるとは、と驚きつつも全身が疼《うず》く。シーツを握りしめて脚を突っ張らせて耐えるしかない。

「さんざん待たされたんだから、容赦しないよ」

蜜芽が膨らんでくると、レオナルドが指先でそこをつまむようにぐりぐりとしてくる。

「……な、も……や……だ……め」

オデットは目をぎゅっと瞑り、頭をいやいやと動かしている。レオナルドは彼女がそろそろ限界と見て指を離した。その両脚を持ち上げて肩にかけて、彼女をふたつ折りのようにして、彼のすでに熱く滾っている性を一気に打ち込む。

「は……ああ」

その声色は喜色を帯びていた。レオナルドはそれを嬉しく思い、奥まで突いた状態で小刻みに揺らしていく。

「あ……や……んん」

彼の肩の上へと伸びる彼女の脚がびくついているのが伝わってくる。レオナルドは小刻みだった出し挿れを大きい動きへと変えた。大きく引いては奥までがっと穿つ。溢れる蜜がそれをスムーズにしてくれた。

「は……あ……や……あ……」

だんだんと、オデットの声が止まらなくなる。シーツをぎゅっと掴んで首を仰《の》け反らせ、息が荒くなった。そんな、我を忘れたように快感を享受するオデットを目の当たりにして、レオナルドは今にも達しそうになる。だが、目を眇めて耐えながら、何度も腰をぐっぐっと、圧し当てた。

明るいところでの行為は初めてのことだ。オデットは胸元まで薔薇色に染め、揺れる乳房の頂点はピンク色に輝いている。滴る蜜が放つ卑猥な音が続くうちに、オデットの声がぱたりとやみ、シーツを掴む手がゆるんだ。

レオナルドは、今回は外に出す余裕があった。だが、たとえ中に出したとしても、オデットは達した直後のことはよくわかっていないのではないかと思う。おそらく昨晩も中出しされたことに気づいていないだろう。

ハリントン伯爵に言われるまでもなく、よくわからないことにこだわっていると、レオナルドは自嘲した。オデットの様子を見ていれば、レオナルドを憎からず思っているのは明らかだ。それに彼だって、中で出したほうが気持ちいいし、彼女との子どもは欲しい。

レオナルドはオデットの頬を両手で包み、ちゅっと軽いキスをした。

「オデット、これからは毎日こうして繋がり合おう」

オデットは、しばらくポケッとしていたが、やがて、ゆっくりと口を開いた。

「し……な……」

「え？」

「も、もうしな……い」

「え!?」

レオナルドは耳を疑った。

オデットが両肘を突いて、少しずつ起き上がってくる。

「これをしてはならない、私の本能がそう言っている」

「なぜ」

唖然とするレオナルドをオデットは真剣に見つめてくる。そのあまりに鋭い眼光に、彼が引きぎみになったところで、オデットは吐き捨てるように言った。

「気持ちよすぎるんだよ！」

「え？」

レオナルドは呆気にとられる。

「こんな気持ちいいことを知ったら、こればっかりやる堕落した人間になっちゃうだろう！　現に今、私は一瞬、謁見に行くのが面倒くさいと思ってしまった。この私が、だ！」

意外な理由に、レオナルドは顔を赤くしてしまう。これはもう愛の告白といってもいいのではないか。

「一緒に堕落しようじゃないか」

レオナルドが前のめりになって、いい笑顔を作ったというのに、オデットは驚愕で見開いた瞳で返した。

「な、何を言っている！　一国の王を堕落させてはならない」

彼は、またいつもの不穏な流れを感じて顔を曇らせる。

「傾城《けいせい》の美女という言葉がどうして生まれたのかが今日、私はわかってしまった……」

レオナルドが沈黙しているので、オデットは慌てて付け加えた。

「あ、別に私が美女ってわけじゃなくて、もののたとえ！」

レオナルドはオデットの頬に手を伸ばして、淡々と告げる。

「……俺にとっては世界一の美女だ」

「じゃあ、なおさら駄目だ。ちゃんと仕事をしなさい」

「これだけしているのにさらに働けって言うのか、あんたは！」

オデットは、はたと考えた。

「それもそうだ。レオンは仕事熱心だ。ちょっと回数についてはこれから調査するが、毎日はまずいだろう。謁見と同じく週二、三回ぐらいがいいんじゃないか」

レオナルドは憮然として腕を組んだ。

第五章　週何回？の攻防戦

翌朝、レオナルドは朝食もとらずに執務室で人を待っていた。その重厚な木製のドアが開き、女官のセザール男爵夫人が現れる。

「陛下の従者が早馬でいらしたから驚きましたわ。一体どんな急用がおありですの？」

レオナルドは立ち上がり、手で椅子に座るよう促した。

「朝っぱらから呼び出してすまない」

夫人が座ると、レオナルドもローテーブルを挟んで向かい合って腰を下ろした。

「もちろん今日は、まだオデットと会っていないな？」

レオナルドが無表情で淡々と話した。彼は、仕事のときはいつもこんな感じだ。

「え？　ええ。だってまだ朝食のお時間でしょう？　陛下はご一緒されなかったのですか」

夫人を緊急で呼び出したというのに、レオナルドに焦った様子もなく、夫人は状況が呑み込めずにとまどっていた。

「ああ。どうしてもオデットより先に、男爵夫人に話しておきたいことがあって……」

「なんでしょう？」

夫人は身を乗り出した。

「女官や侍女のなかで既婚者はあなただけだろう?」

「ええ」

「今日おそらく、オデットがあなたにあることを訊いてくる。そうしたら、こう答えてほしいんだ。『もちろん、毎日です』と」

夫人は怪訝そうに首を傾げた。彼女はこんなしぐさも艶っぽいのだった。

「あの、その質問の内容がわからないことには、私にはいかんともしがたいのですが……」

レオナルドはしばらく沈黙したのち、忌々《いまいま》しげに告げる。

「多分、こういう質問をしてくる。『セックスは週何回するのか』と」

しばし沈黙。

「その質問に、『毎日』と答えるように、というご命ですね?」

「ああ」と、レオナルドが苦虫を潰したようになった。

夫人は目を丸くしてレオナルドの顔をのぞき込んだあと、扇で口元を隠してホホホと上品に笑う。

「陛下は、王妃様に夢中でいらっしゃるのですね」


セザール男爵夫人が『王妃の居室』奥の部屋に入ると、朝食を終えたばかりのオデットが、謁見用のドレスに着替えさせられているところだった。

「オデット様、おはようございます」

朝の心地よい陽ざしを浴びながら、オデットは夫人に爽やかな笑顔を向けた。

「ああ、おはよう！　ところで男爵夫人は週何回、性交をしているのかな？」

『明日も晴れるかな』みたいな調子でオデットが切り出してきたので、三人の侍女は度肝を抜かれた。

沈黙のなか、侍女たちの視線が夫人に集まる。

「『もちろん毎日ですわ』。新婚のときなんて、一日六回した日もありますの」

夫人はサービス精神旺盛なので、レオナルドが望む以上の返事をしてくれた。

未婚の侍女たちは驚愕して夫人を凝視している。

オデットは真面目な顔で紙に『毎日』と書いて縦棒を一本引いた。彼女はメモ魔なので、いつも侍女が傍らにインクとペンを用意してくれている。

「おかげで、五人の子宝を授かりましたの」

夫人が微笑みながら近づいてくるので、オデットは、はっとして顔を上げた。

「そ、そうか。そのくらい頑張らないと赤子はできないのか。でも、どのみち子種をもらえないから性交なんかしなくていいんだ」

夫人も侍女も一斉に「えええー!?」と驚きの声を挙げた。


オデットが謁見から戻ってくるなり、セザール男爵夫人は王の執務室へ向かった。

「子種をくれないっておっしゃっていましたよ？　お可哀想に。それでは、お世継ぎが生まれないではありませんか」

夫人は座らずに、執務机を挟んでレオナルドと対峙《たいじ》しているが、彼は座ったまま腕を組み、目を閉じていた。

さすがに一国の王として、『愛してるって言ってくれないから』などとは、情けなさすぎて答えられない。しばらく沈黙したのち、夫人に顔を向ける。

「……今は、二人を楽しみたいのだ」

夫人は、拍子抜けしたようで、しばし固まっていた。

「ま、まあ、まだお二人とも、お若いですものね」

レオナルドは照れたように下を向いている。

国王のこんな表情を見る日が来るとは想像だにしていなかったので、夫人は目を丸くして、そんなレオナルドをまじまじと眺めてしまうのだった。


その夜、『王家の食事の間』では、大きなテーブルの端でレオナルドとオデットが並んで晩餐をとっていた。今晩の話題がセックスの頻度についてになりそうだと思い、用意周到な彼はすでに人払いを済ませていた。晩餐会もできるような大きな広間に二人しかいない。

レオナルドはグラスのワインを一気に飲み干し、何食わぬ顔で尋ねる。

「で、調査は進んだかな」

「まだ女官一人に訊いただけだ。だが、その女官に『閨《ねや》のことは夫婦の秘密だから、舞踏会など社交の場で訊いてはいけませんよ』と、とがめられたため、調査の続行は困難を極めている」

レオナルドは心の中で夫人に感謝した。

「で、その女官は週何回しているのだ？」

オデットは「…………毎日」と、口惜しそうに小声となる。

彼がニヤリと笑った。

「じゃあ、俺たちも毎日でいいんじゃないの？」

オデットは憮然として、フォークで肉塊をぐさりと刺す。

「しかし！　女官の家は、毎日することによって子宝が授かったそうだ。うちはそうではないだろう！」

レオナルドは、『昨晩、あんた思いっきり子種を注がれてるぞ』と喉まで出かかったが、ぐっと呑み込んだ。と同時に、達した直後のオデットが、吐精されても気づいていないことを確信した。

「だから『愛してる』って言えばいいだろう？」

レオナルドは手酌でグラスにワインを注ぐ。普通、国王はもちろん下級貴族ですら、こんなことで自らの手を煩わせない。オデットはそれを見て首を傾げた。

「なんで使用人がいないんだ？」

レオナルドは答えず、質問で返した。

「あんた、いつも酒に口を付けないけど、呑んだことはあるのか」

「ある。私はもう十八だ」

オデットが馬鹿にするなと言わんばかりに胸を張った。

彼はワインを口に入れ、片手をオデットの椅子の座に置いて唇を重ねる。彼女の口内にワインを注ぎ込んだ。

「使用人がいないと、こういうこともできる」

オデットは瞠目したまま、ごくりと呑み干す。すると、オデットの肌がぽぽぽと赤くなっていった。顔だけでなく、首も手も、服から出ているところ全てに、それが認められる。

レオナルドは指でオデットの顎を上げて顔をのぞき込んだ。

「……もしかして、弱い？」

「そ、そんなことはない。すぐ赤くなるだけだ」

オデットは一生懸命、双眸をきりっとさせ、レオナルドを見つめ返した。一般的には、それを弱いということも知らずに――。

「ふ～ん、じゃ、もっと呑めるね」

レオナルドは意地悪な笑みを浮かべ、再びグラスに口を付けた。今度は片手でオデットの肩を抱き寄せて口移しでワインを注ぎ込む。オデットは小柄なので、顔が上向きになっていた。その頬は薔薇色で、口は半開きになり、瞳はとろんとしている。

まずいことに、その官能的な表情はレオナルドが初めて目にしたもので、彼の下肢が熱くなり始める。オデットの小さく開いたままの口を、己の口で覆い、奥まで舌を差し入れる。

オデットは、酔いが回っていて、ふらふらと揺れてしまい、彼のジュストコールの袖を握りしめた。

まずいことに、その仕草《しぐさ》がまたかわいすぎる。

「オデット、ここで、いいね？」

オデットは何のことがわからないが、ふにゃっと笑う。

さらにまずいことに、この笑顔にレオナルドは弱い。彼の性は硬さを増した。

レオナルドはジュストコールを脱いで、それをテーブルの上に広げる。オデットを抱き上げて、その上に仰向けにさせた。オデットは幸せそうに微笑んでいる。

だから、いつもならしてくれなさそうなことも、今ならしてくれるのではないかと彼は思った。

「ねえ、オデットも舌を入れてよ」

オデットは、レオナルドの首に両腕を回し、彼の口の中に少し舌を入れる。その舌を彼は吸い、自らの舌でからめとり、口内で、もてあそぶ。

オデットは全身でびくっと反応した。彼女が敏感になっているので、レオナルドの期待は高まる。

幸い、今日は肩まで開いたシュミーズドレスだ。いつも二人の間に立ちはだかる鳥籠のようなパニエがない。襟ぐりを下にずらしてみる。さらに幸いなことに、コルセットの鉤留《かぎど》めは前身ごろにある。鉤留めをいくつか外すと、その桜色の小さな乳輪が現れた。

レオナルドは立ったまま屈んで、その先端を吸い、舐《ねぶ》る。

「は、ああ」

酔っているせいか、疑問符がなかった。オデットの甘い吐息が耳をくすぐる。

彼はふたつの蕾を交互に愛撫しながら、手をスカートの裾からそのアンダースカートの中へと侵入させる。中指で蜜芽を何度も優しく弾いた。

「ん、やあ、は」

オデットは涙ぐんで、全身を小さく震わせている。

レオナルドはまず二本の指を少しずつ、その隘路に侵入させた。以前、オデットが前後不覚に陥った場所を探しながら――。

「ここが、あんたの弱いところ、だろ？」

彼がそこをこすった瞬間、オデットは「ひゃ、ああ！」と、背を反り返らせ、ふくらはぎを突っ張らせた。期待以上の反応に、レオナルドはぶるっと快感に震えた。彼女の蜜口がひくついているのが指から伝わってくる。そこから零《こぼ》れる蜜を掻き出すかのように折ったり伸ばしたりしながら、もう片方の手でスカートを捲《めく》り上げた。

オデットは抵抗することもなく、陶酔したような赤ら顔でテーブル上に両腕を広げて、ずれたコルセットに圧迫されていつもより突き出した乳房を晒《さら》し、腰に下着のような白のドレスを巻きつかせて、その肉感的な太ももをだらしなくテーブルの下にぶらりと垂らしていた。その付け根にレオナルドの指二本が突き刺さっている。

そんな媚態を目にして最早レオナルドの我慢は限界に達した。滾った性を彼女の温かなそこに打ち込み、出し挿れを始める。彼が腰を押しつけるたびに、コルセットからはみ出した乳房が揺れる。オデットのさくらんぼのような艶やかで赤い唇からは喘ぎ声が絶え間なく漏れ続けていた。

「え？　あ……やあああ！」

彼女が絶頂を迎えたのを見てとるや、彼は精を爆《は》ぜさせた。しばらくテーブルに両手を突いて自らの体を支え、息を整える。落ち着いてくると、レオナルドは、オデットの服を直し始めた。彼女はその間に、テーブル上で眠りに就いてしまう。

オデットが覚醒したのは、ベッドの上だった。いつの間にか夜着姿になっている。心配そうにレオナルドがのぞき込んでいて「大丈夫？」と、水を差し出された。

オデットは起き上がり、グラスに口をつけながら記憶を、晩餐のテーブルに着いたところまで戻した。頬の赤さが引いていたはずのオデットの顔が、再び真っ赤に変わっていく。

彼女が何を思い出したのかを察し、レオナルドは照れ笑いを浮かべた。

オデットは、その微笑みを、睨《ね》めつける。

「テ……テーブルの上で、だなんてよくも娼婦みたいな扱いを！　人払いをしていたから計画的犯行だな！」

赤くなったのは照れではなく、怒りで、だった。

「……悪かった」

レオナルドは、少し違うような気がしたが、とりあえず謝る。そもそもの人払いの目的は、卑猥な会話を聞かれないためであって、あそこでいたすことではなかったはずだ。が、結果的にはそうなってしまった。

「もうお前とは、しない！」と、オデットが息巻いている。

彼はもう、このパターンに飽き飽きしていた。

「じゃ、あんたは何がしたいんだ」

「性交以外のことだ」

オデットが憮然として答える。

「謁見だってやってるじゃないか」

「あんなのお人形さんだ」

「じゃあ何がしたいんだ」

「河川の視察に同行させてくれ」

レオナルドは困惑の表情を浮かべた。

「……悪いが、それは来月の五日から七日、俺一人で行く日程が組まれている」

「ああ！　ちょうど月のものだ……」

オデットが頭を抱えて、ものすごく残念そうにしている。レオナルドがあえて、彼女の生理日を選んで日程を組んだことは内緒だ。どうせ別々に寝るのなら、遠くに行っていたほうがマシという判断だ。

彼がそんなことを思い起こしていると、オデットが急に頭を上げた。

「じゃあ、お前が仲良くなりたい国とか地域に同行させてくれ。そういうのは、王妃同伴のほうが、国民受けがいいはずだ。私はこう見えて、外遊が得意なのだ」

オデットが自信ありげに口角を上げている。

「舞踏会でのあんたを見て、それはよくわかっている」

レオナルドはしばらく考えたのち、膝を打った。

「わかった。じゃあ今度、王家直轄《ちょっかつ》地のアンティラ地区に一緒に行こう。前々から行かないといけないと思っていたんだ。男一人で行っても住民から歓迎されにくいから、同行してもらえるとありがたい」

オデットは目を見開いた。

「私の母国の愛馬はアンティラ産なんだ～！」

瞳をきらきらとさせ、嬉しそうに抱きついてくるオデット。全身で喜びを表現され、レオナルドは彼女のことを好きだと再認識するのだった。

　レオナルドは早速、アンティラ地区訪問へと動き始める。彼は思い立ったらすぐに実行しないと気が済まない性質《たち》だ。翌日午後にはもう閣議にかけていた。

『閣議の間』では、繊細な装飾が施された黒檀《こくたん》の大テーブルを、レオナルドと重臣六人が囲んでいる。重臣は最も若くて四十代、最年長が七十代だ。弱冠二十六歳の彼は、いつも一人で、この六人と対等に遣り合わないといけない。だが軍服は強さの象徴だ。こういうとき、視覚的に効果を発揮する。

　レオナルドは厳かに発言する。

「急だが今月中に、アンティラ地区を王妃と訪問することにした」

　反対されるのは火を見るより明らかなので、あえて『した』という言葉を使い、決定事項として伝えた。

　案の定、皆が皆、一体何を言い出すんだと眉をひそめる。重臣の一人、最年少のバシュレ公爵に

「前国王の尻拭いでもなさる気ですか」と言われ、レオナルドは皮肉な笑いを浮かべた。

「私が三年前、即位してからやってきた仕事は、ほとんど全て兄王の尻拭いだろう？」

　彼の異母兄は、失政を重ねた挙句《あげく》、隣国、ギーズ王国に戦争をしかけて、負けが見えると一人逃げ出した。つまり兄王は自らの軍を敵に回したのだ。そこに、軍部を味方に付けた二十三歳のレオ

ナルドが現れ、王位を奪還したという経緯がある。そもそも異母兄は妾腹《しょうふく》なのに策を弄《ろう》して王位に就いていたので、反対するのは異母兄の親族ぐらいだった。

兄王は、この、代々名馬を育ててきた王家直轄地区の住人に畑を耕すことを強要し、反発を買ったのだ。あの大穀倉地帯が日照りに襲われそうだと聞いて、出した命令がこれだった。

だが、餅は餅屋。名馬は育てられても、穀物は育てられない。畑作に時間が取られ、馬の質は落ち、生まれる頭数も減り、必然的に馬の輸出での儲けは、がくんと減った。

それなのに自らの失策に気づくことなく、前国王は儲けが減ったことについて、このアンティラ地区の長を責めた。おかげで、この地区の人間は王家を毛嫌いするようになった。

そんなわけで次々と反対の声が挙がった。

「まだ輿入れしたばかりの十八の王妃に、いきなりハードルが高すぎるのではないですか」

「もう少し友好的な地域から訪問して慣らしていってはいかがです？」

レオナルドは自分の思い通りにならないからといって声を荒げたりする王ではない。だから重臣たちも、このように自分の意見を自由に言えるのだ。むしろ彼は、皆が王妃を思って発言をしてくれているのだから、その気持ちに感謝したいぐらいだった。

「普通ならそうだろう。だが、我が王妃は普通の女ではない。乗馬はおそらく諸侯よりも格段に巧《うま》い。母国では、アンティラ産の気性の荒い名馬を乗りこなし、急勾配《きゅうこうばい》を駆け上がっていた。あのバルバラの血統を受け継ぐ牝馬《ひんば》だ」

「あの気性の荒いバルバラの仔を？」

場の空気が一変した。

「ああ。私一人が行くよりずっといい成果が上げられると思わないか？」

レオナルドが不敵に笑うと、重臣たちは押し黙った。

「あの地区に入るときは、馬車ではなくアンティラ産の馬に乗って入るつもりだ」

重臣たちは顔を見合わせた。


レオナルドから馬場に来るようにとの伝言があり、オデットは青い厚手の絹の乗馬服に着替えさせられ、侍女に案内されて王宮内の馬場に向かった。

柵で囲まれた広々とした馬場の入口に、レオナルドと……素晴らしく毛並みのいい馬が二頭いた。

オデットは馬に駆け寄り、その栗毛に頬ずりしながらレオナルドに視線を送る。彼女とお揃いの青い乗馬服を着たレオナルドは、いつもの冷たい軍服姿よりも、彼らしく、明るく見えた。

「今日は馬場で馬を慣らしてから、遠乗りをしよう」

レオナルドの提案にオデットの瞳が輝く。

「この娘《こ》(牝馬《ひんば》)と!?」

「ああ、アンティラ産の、質が落ちる前の名馬だ」

レオナルドが不思議なことを言い出すので、オデットは眉根を寄せた。

「質が落ちる……？」

「五年前から一昨年前までの間に生まれたアンティラ産は質が劣る」

そのせいで、王家に恨み骨髄というわけだ。

「そんな時期があったのか。私の母国の愛馬は今、八歳で……速さも持久力も、そして精神力も……素晴らしかった！」

オデットは牝馬の首元を抱きしめながら、レオナルドを見て嬉しそうに微笑んだ。太陽の下で見るオデットの笑顔は、いつもに増してきらめいている。

それでレオナルドは気づいた。最近、寝室でしかオデットに会っていなかったことに――。

そんな気持ちを知ってか知らずかオデットが告げてきた。

「お前と寝室で会うとき、なんでいやだったのかわかった」

ぐっさりと、レオナルドは、心を槍で刺されたような衝撃を受ける。

「私はお前とデートをしてみたかったのだ！」

彼の槍が無事、抜けた。

「俺もだ」

レオナルドは爽やかな微笑を返した。


温かな陽光が射すなか、二人は並んで森の中を駆け抜ける。スピード的にはデートというよりも騎手の練習のような速さだ。

春風を受けて気持ちよさそうなオデットを見て、レオナルドの心も和らぐ。オデットがスピードを落とし、彼に馬を寄せて微笑を向けた。

「お前、かなりの腕前だな」

「ああ、王子だったとき、馬で『諸国漫遊』していたから」

以前オデットに『諸国を漫遊』と批判されたことがあるので、レオナルドはあえてこの言葉を使った。

「お前はどうしてそんなことをしていた、というか王子なのになぜ、そんなに自由だったのだ？」

「逆だ。逃げていたんだ……もうすぐ川だな」

レオナルドは意図的に話題を変えた。

水のせせらぎが聞こえてきて、木々の間から清流が見えてくる。二人は川岸で一旦、馬を降りた。

「ここは山がないんだな」

木々を見渡すオデットに、レオナルドが尋ねる。

「また山を駆け上りたいのか」

「それもそうだが、トリニアでは、どこにいても山が見えたから物足りないだけだ。いずれ慣れるだろう」

レオナルドはしばらく考えてから、ぽつりとつぶやいた。

「我が国には山はないが、海がある」

オデットは体を彼のほうに向けて両手を合わせて、瞳を輝かせた。

「海……見たことがない」

「アンティラ訪問が終わったら、一緒に見に行こう」

オデットは、ちょっと心配そうに首を傾げた。

「そのあと、河川工事の視察もあるんだろう？」

彼は内心、彼女のしぐさの可愛さに悶えながらも、あえて淡々と答える。

「一日くらい休みは取れるさ」

レオナルドは、オデットを抱き上げ、同じ顔の高さに持っていき、ちゅっと軽いキスをした。


それからというもの、王宮の庭では毎日のようにオデットの乗馬姿が見られた。オデットが騎手さながらのスピードで疾走したり、ゆうゆうと馬場の柵を飛び越えていったりする様を見て皆、目を白黒させた。

おかげでオデットは毎日が楽しく、寝室でレオナルドに求められると機嫌よく応じた。ただ、訪問と視察が続くうえに、海を見に行く休日を作るために、彼は仕事を前倒しにせざるを得ず、忙殺されていた。

そのためオデットが先に眠りに就く夜も多かった。だがレオナルドは彼女の寝顔が見られれば、それだけで幸せだった。朝になると、オデットはいろんな場所で、いろんなポーズで寝ていて、楽しませてくれる。

とはいえ相変わらず、オデットは『愛してる』とは言ってくれなかった。

そんな折、レオナルドは回廊でハリントン伯爵とすれ違う。彼は今がチャンスと伯爵を呼び止め、回廊の端に連れていき、小声で話しかけた。

「伯爵、オデットと俺は最近、すごく仲がいいんだ」

伯爵は、あまりの単刀直入ぶりに少し面食らったが、すぐに優雅な微笑を作った。

「それは何よりです。確かに、オデット様は最近、ご機嫌麗しいですね」

レオナルドは自らの顔を、ずいっと伯爵の顔に近づけた。

「それなのに、未だに『愛してる』と言わないんだ……なぜだ?」

伯爵は一瞬呆気にとられたあと、「オデット様にお訊きになってくださいよ」とボソリと答えた。

「もちろん訊いた。それなのに『お前は立派だ』とか、訳のわからない答えしか返ってこないから、君に尋ねているのだ」

ハリントン伯爵は興味なさげに、人差し指で黄金《きん》の巻髪をくるくるさせ、そこに視線を落とす。

「『愛してる?』と質問するのを一旦やめてみてはいかがです?」

意外そうなレオナルドに伯爵は微笑みかけた。

「押して駄目なら引くのみですよ」


レオナルドは閨で『愛してる?』という質問をやめるだけでなく、『愛してる』という言葉自体を口にしないことにした。レオナルドはそもそも何事もアンフェアなことは嫌いなのだった。それを夫婦間にも広げるのみ、だ。

伯爵の口先だけのアドバイスが起こした波紋は、徐々にオデットの心の中に広がっていくことになる。

アンティラ地区訪問の前夜、オデットは共同のベッドで悶々としていた。最近、レオナルドがあの質問をしなくなったからだ。例の、『愛してる？』『愛してるんだろう？』という質問。

——もちろん、あの質問は嫌いだから清々している。

清々しているはずなのに、気づくと『なぜだ？』と考えている自分がいることにオデットはとまどっていた。しかもレオナルドは、あんなに毎日抱きたがっていたくせに、オデットが寝たあとに寝室に入ってくることが最近、よくある。訪問と視察を控えて忙しいだけだとは思うが、もしや……という悪い想像が頭をよぎる。

昨晩は昨晩で、レオナルドは舞踏会の途中で急用ができたとかで抜けてしまったぐらいだ。

彼女は昨夜《ゆうべ》の舞踏会を思い返した。

† † †

レオナルドが舞踏ホールをあとにしたので、オデットはハリントン伯爵としゃべっていた。すると、濃厚な薔薇の香りが立ち込めてくる。イヴォンヌが近づいてきたのだ。伯爵の薔薇の香りと相性が悪いようで、気持ちの悪い匂いへと変わっていった。

『オデット様、レオン様がいらっしゃらなくて寂しいですわね、お互い』

『えー！　別に寂しくないよなっ』

そう言って笑いながら伯爵を見上げると、なぜか伯爵の眉間に皺が寄っていた。

――伯爵は寂しいのだろうか。

オデットは不可思議に思いながらイヴォンヌに視線を戻した。するとイヴォンヌの眉間にまで皺が寄っているではないか。イヴォンヌが扇で口元を隠して、非難するかのように訊いてくる。

『オデット様はレオン様のことが本当に、お好きなんですの？』

『本当に……って。別に好きとかイヴォンヌに言った覚えはないけどな』

それを受けて、ますます眉間の皺が深まった伯爵が『愛し合っているってちゃんと答えなさいよ』と耳打ちしてきた。

イヴォンヌがその様子をつまらなさそうに一瞥する。

『レオン様はオデット様にかなり執心のご様子なのに、お可哀想ですわ』

『そうでもないぞ。性交の……』とオデットが身を乗り出したところで伯爵に口を塞がれた。

イヴォンヌが去っていく後ろ姿を見ながら、伯爵は『あの女は絶対、レオナルド様の昔の女だ！今だって怪しい！』と息巻いていた。

† † †

そして今、アンティラ地区に出かける前夜だというのに、レオナルドはまだ寝室に来ていない。

――本当に仕事をしているのか……。

そんな疑惑すら浮かんでくる。ベッドでベディングをかぶり、横向きになったところで、『王の居室』

の重い扉が開く音がした。侍従との声が漏れ聞こえてくる。今さら起きるのも待ち構えていたようで恥ずかしいので、寝たふりをすることにした。

やがてレオナルドが寝室に入ってきて、彼女の背中側に潜り込んだ。オデットの全神経が背中に集中する。彼は、オデットと同じ向きになり、片手を彼女の腰に添えた。オデットは腰に彼の手を、背中に彼の厚い胸板を、そして首元に彼の吐息を感じて、思わず反応しそうになるが、動かないように必死で耐えた。

しかもレオナルドが、もう片方の手でオデットの鳶色の髪を掻き上げて首を露わにさせ、そこにキスを落としてくる。オデットはまたしても反応しそうになったが、心の中で『私は石、私は石……』と呪文を唱え、固まっていた。

――それにしても私が寝ているのをいいことに、いつもこんな、いやらしいことをしているのだな！

オデットがどうやって今度、これについて抗議をしようかと思案を巡らせているとレオナルドが囁いた。

「寝たふりだろ」

得意げな声だったのでオデットは腹が立ち、また心の中で呪文を唱えて体を固くさせていた。

「明日の視察が楽しみで眠れないの？」

――なんで寝たふりって断定しているんだー!?

「いいだろう。いつまで動かないでいられるかな」

レオナルドが耳朶を甘噛みし、首から肩へと舌を這わせてくるが、オデットは、必死で感覚を切っ

て耐える。彼が、今度は肩から背中へと愛撫を続けながら、腰に置いていた手を彼女の前のほうへと伸ばし、布越しに秘所を覆ってくる。

オデットがびくっと反応してしまった。呪文が効かなくなっている。

「人が寝てるのに、何してるんだー!?」

オデットは観念して体を回転させて彼と向き合う。腹立たしいことに、レオナルドが勝ち誇ったように口の端を上げていた。

「『人が寝たふりしているのに』……だろ?」

オデットはムスッとして、だんまりを決め込むが、そんなことにはお構いなしで、レオナルドは髪の毛を優しく撫でてくる。

「暑がりさん、あんたが本当に寝ているときは、ベディングをはいでるんだよ」

——しまった! 回転しているだけではなかったとは……!

オデットは口惜しくて、くるっと、また彼に背を向けた。

「寝る! おやすみ」

「よく眠れるようにしてやるよ」

レオナルドが彼女の夜着の裾を上げていき、片手を中へ侵入させて手のひらで乳房を掬《すく》うように覆いながら指でその頂をきゅっとつまんだ。

オデットは下肢が熱くなるのを感じながら冷静な声を絞り出す。

「明日、朝が早いのだから、こんなことをしないで早く寝たほうがいいぞ」

「あんたを眠らせてからだ」

レオナルドが耳元で囁くので、オデットは一瞬、ゾクゾクと感じてしまう。が、それを振り切るように回転して彼のほうに再び向き直った。

「そんなことは気にせず、お前は眠ったほうがいいと言っているんだ」

目の前に、レオナルドの双眸がある。昼間と違い、気怠そうな目つきが色っぽい。

――まずい！　この表情に弱いんだ、私は！

レオナルドが瞳を閉じて、唇を重ねてくる。

「あんたがこんなに近くにいて、眠れるわけないだろう？」

そう言って、目を開けた彼と視線が重なった。

オデットは一瞬、抱きつきたいような気持になったが、『愛してる』と言われなくなったことが気になって、思いとどまってしまう。

そんな彼女の躊躇《ちゅうちょ》をものともせず、レオナルドが夜着を頭からはいでくる。上半身が裸になると、オデットは仰向けにさせられた。しかも彼女の脚と脚の間に、彼が割り込んでくる。レオナルドが背を屈めて彼女の乳暈を咥えた。口内で舐られ、もう片方の乳首は指でつままれる。

「ん、は……」

これをされるともうだめだ。オデットは蕩《とろ》けてしまう。ただし、いつもなら、レオナルドの首や背に腕を回すところを、それをしない。せめてもの抵抗だ。彼女は目をぎゅっと閉じ、シーツを握りしめて、その快感に耐えた。

オデットが彼を抱きしめようとしないものだから、レオナルドが顔を上げて、不思議そうに見つめてきた。

「オデット、どうした？」

だが、その質問は、オデットこそが、したい問いだ。

「お前が言うか……」

「は？」

どうして『愛してる』って言わなくなったのか、と、オデットだって問えるものなら問いたい。だが、それではまるで自分が『愛してる』と言いたがっているみたいではないか。それはありえないので問うことができない。だが、彼が、その問いをしなくなった理由は知りたい。

「まずは自分を省みろ」

オデットがそう言い放つと、レオナルドはますます解せないと、渋い面持ちになった。

「俺、何かした？　そういうのは夫婦でも言葉にしないと伝わらないよ？」

――それもそうだ。

「あ、あい」

――『愛してる』って言わなくなったの、なんで？

そんな問いで返そうと、オデットは「あ、愛して……」とだけ口にして、続きを言うのをやめた。

やはり、『愛してる』と答えたくないのに、こんな質問をするのはおかしい。

レオナルドの動きが止まった。

不思議に思い、オデットが目を開けると、なぜか彼の瞳は爛々《らんらん》としていた。

「とことん愛してやろうじゃないか」

今度、驚いたのはオデットだ。

——そうか、そういえば『愛して』だけでも意味が通じる……。

「もう一回言いなよ」

言い間違いを繰り返すなんてごめんだ。オデットが黙っていると、レオナルドは喉奥まで舌で圧迫するようなキスをしかけてくる。二人は何度も深いキスをした。

オデットはたまらず腕を彼の首に手を回す。レオナルドは嬉しそうに微笑みかけてから、彼女の首から乳頭へと舌を這わせていった。

「は？　……んん？　は？　は？」

オデットは体を痙攣させた。彼の舌触りもさることながら、上目遣いでオデットの顔を見つめる彼の淫靡《いんび》な眼差しが彼女をおかしくさせてしまうのだ。

舌が臍《へそ》に到達すると、レオナルドは片手でドロワーズを膝まで下ろす。それから自身の上体を起こし、両手でドロワーズをはぎ取り、彼女の踝《くるぶし》を持ち上げた。

レオナルドが足指を咥えたので、オデットはぎょっとして足をひっこめようとするが、離してもらえない。オデットの足先から全身へと快感が奔《ほとばし》る。彼は足の指を舐めながら、顔を斜めにしてオデットに野性的な眼差しを向けてきた。

——こんなふうに見られたら、もう、だめだ。

ない。


「や、あ……はあ、あ」

喘ぐことしかできない。

レオナルドは足指から、踝、ふくらはぎ、膝裏へと舌を這わせていく。オデットは顔を上気させて喘ぎ、脚をびくつかせて体中で悶えている。これ以上耐えられそうにない。

「レオ……お願……、も、だめ……」

レオナルドは、待ってましたとばかりに、ニヤッと笑った。

「愛して欲しいの？」

それにしてもなぜ彼はこんなに言葉にすることにこだわるのかと、オデットはうんざりするが、かといって、中途半端に体に火を点けられたままでは眠るどころではない。

「あ、愛して……お願……」

レオナルドの顔が明るくなり、頬をすり寄せてくる。

——まあでも、こんなに喜んでもらえるなら、いいか。

オデットは再び彼の首をぎゅっと抱きしめた。

レオナルドは頬にキスを落としながらも蜜口に指を忍ばせる。すると、くちゅくちゅという淫猥《いんわい》な音が立つ。そこは蜜で濡れそぼっていた。二本の指でそこをくすぐると、オデットが、その潤んだ目を向ける。その瞳が求めているものが何か、彼はわかっている。彼女の両脚を開かせ、彼のすでに熱く滾った雄をぐぐっと差し挿れた。

オデットは小柄なので、首に回されていた腕は背中へと移る。奥まで突くたびに、彼女の指に力が入るのがわかる。レオナルドは愛する女の手の感触を背に感じながら、彼女の温かな蜜襞に自身をぎゅっと圧《お》されるたびに意識が飛びそうになっていた。だが、彼は先に達するわけにはいかない。

「レ……レオ……」

奥の奥を何度も穿たれ、蜜壁を痙攣させたのち、オデットの動きが止まった。それを感じとるや彼は、彼女の中に子種をどくどくと注ぎ込む。オデットは達した直後、意識が飛んでいるので、吐精されていることに未だに気づいていない。

顔から胸元までを赤く染めて両腕を投げ出しているオデット。レオナルドは彼女を組み敷いたまま、その様子を眺めていた。

「う……ん」

ようやく意識を取り戻したオデットが目を開けると、目の前にレオナルドの寝顔があった。彼の腕は、彼女の腰に回されている。

——まつ毛、長い……。

オデットは薄暗がりのなかで、彼の腕に包まれたまま、じっと顔を見つめた。

——唇は、ぽってりしているより、このくらい薄いほうが、かっこいいな。

オデットはつい指で、彼の唇をなぞってしまう。

すると、その指がかぷっと咥えられ、彼の瞳がぱっちりと開いた。

「わっ」

オデットは、びっくりして指を引っ込める。

「何、人で遊んでるの」

レオナルドが楽しげに微笑んでいる。

オデットは嫌な予感がして、くるっと彼に背を向けた。

「すまん、起こすつもりはなかった、おやすみ！」

「責任、取ってもらうよ」

レオナルドが上体を起こして、オデットを後ろ向きのまま引き寄せたので、彼女は、彼の大腿の上に座っている形となった。レオナルドは、オデットを自身の胸にもたれかけさせ、両手をそれぞれ、オデットの脇下から進入させる。左手で、その豊満なふくらみをとらえ、右手を彼女の太ももの付け根へと沈ませていく。

「え……!?」と、オデットは顎を反らせた。

その快感に悶える表情が、レオナルドの目に入り、雄芯が頭をもたげ始める。それが臀部に当たり、オデットは彼が昂《たかぶ》っていることを感じとる。そのことが彼女の官能を高めていく。しかも、胸の突起は彼の手のひらに優しく撫でられ、花芯は彼の指でもてあそばれていた。彼女はその圧倒的な淫《みだ》らな感覚に身を焦がす。

「は……あ？　ふぅ？　ん？」

オデットは腰をくねらせて両脚を彼の大腿にすり合わせて必死で快感を逃そうとするが、逃すどころか、快感は強くなるばかりだ。

もう降参とばかりに顔を上げたまま、瞳で彼に訴えかける。

「レオ……お願……」

レオナルドもまた限界であった。

指を蜜口に挿れたまま彼は座っていたオデットをベッドに仰向けに寝させる。その指を抜くやすぐに、彼の滾ったそれを穿った。

「ん……あ！」

オデットは、レオナルドの背中に手を回してすがりつく。時々、胸の先端が彼の胸板に当たり、それがまた彼女に悦びを与えた。

「は……あ……あ……ん、ああ……ああ」

オデットの喘ぎ声が止まらなくなり、蜜道もうねり出したので、彼はそのときがもうすぐだと感じ、抽挿を激しくした。そんなことをされたら、もうオデットは達するしかない。

「ん………はぁ！」という声を最後に、背中から手が外れて、彼女はぽふっとシーツに体を預けた。

それを追うかのようにレオナルドが、どくどくと精を放つ。彼はそのままベッドにうつ伏せで倒れ込み、彼女の脚の上に自分の脚を重ねたまま、眠りについた。


レオナルドは背中が重くて起きた。部屋は明るくなっている。いつの間にか朝だ。

うつ伏せの彼の背中に、これまたうつ伏せのオデットが乗り上げていた。背中に柔らかな胸が当たっている。いつまでもこのままでいたいぐらいだが、残念ながら、そろそろ出立の準備をしないといけない。

「オデット、おはよう」と、レオナルドが体を少し左右に振った。

「う……ん」

オデットは、ここで急に覚醒したらしく、背から転がり落ちた。上体を起こしながら謝ってくる。

「すまん、重かっただろう」

レオナルドは、むしろ気持ちよかったぐらいなので、微笑んで首を横に振った。オデットは、はにかんだような微笑みを返す。

「二人だと寝相のバリエーションが増えて、自分でも驚いているんだ」

レオナルドが破顔した。

「そうだ。一人より二人のほうが、いろんなことができる」


出立の時間になったので乗馬服を着た二人は、エントランスホールへと出た。一泊二日の短い視察だ。これは和解を求める訪問でもあった。

エントランスホール前の馬車回しに、王族用の豪華な箱馬車が現れると、オデットはつまらなさそうに双眸を細めた。

「なんだ、王宮から馬に乗って行けるわけじゃないのか」

従者がドアを開け、オデットが先に馬車に乗った。

「警護の関係上、アンティラ地区に入るまでは馬車で行く」

レオナルドが整列している騎馬の近衛兵三十騎に視線を向けて頷くと、騎馬兵一同が敬礼で返す。

それを一瞥してから、馬車に乗り込んだ。

そこからアンティラ地区まで、オデットは頭をレオナルドの胸に預けてぐっすりと眠っていた。

馬車に揺られると眠くなるらしい。

レオナルドも睡眠不足ぎみだったので、寄り添い眠った。


日が高くなったころ、アンティラ地区に国王夫妻が馬に乗って現れたので、民たちは度肝を抜かれた。

嫁入りしたばかりの王妃の乗馬服はマスタードイエローの地に、色とりどりの花柄が織り込まれていて、裾のプリーツにはレースの縁飾りが付いている。とても愛らしかった。しかも、この王妃は、恐ろしく馬の扱いが巧《うま》い。馬を愛する民衆たちは沸きに沸いた。道々で皆が熱狂的に手を振って歓待してくれる。

これは、オデットの得意分野だ。

顔を斜めに傾けて上品な笑みを作り、馬上から手を振った。まるで、一人一人と目を合わせるかのように視線を移していく。

レオナルドは、それを見て感心した。オデットは予想以上に民衆の心を掴むのが上手い。

そうして、二人は馬をゆっくりと練り歩かせ、この地区の長、セレスタンの邸に騎馬のまま入る。

この邸はとにかく庭が広かった。庭が馬場になっており、庭を囲むように厩舎が並んでいる。建物自体は二階建てで、煉瓦と木材でできた素朴な造りだった。

「こういう邸に住みたい」

オデットが真顔でそう言って、レオナルドの不興を買った。

齢六十で長い髭《ひげ》を生やしたセレスタンは、馬に乗ったオデットが現れると目を瞠《みは》った。気性の荒いアンティラ産の名馬を、手綱を捌《さば》かずに、いともたやすく操っていたからだ。本当に巧くなければ脚だけで馬に意志を伝達することなどできない。

セレスタンは思いっきり不愉快そうに出迎えてやろうと思っていたのに、そんな気持ちは一瞬でどこかへ吹き飛んでしまった。

レオナルドは手綱を引っ張らない、馬に優しいやり方で降り、セレスタンに視線を合わせた。オデットも馬を降りる。

「余が、レオナルド・シルヴェストル・ド・ナルミアである。兄王が迷惑をかけた。こちらが先日、結婚したばかりの王妃だ」

レオナルドがオデットに前に出るよう促す。

「初めまして。私はトリニアから嫁いで参りましたオデットと申します。十歳の誕生日に、バルバラの仔、シリルを与えられ、それからこちらに輿入れするまで、彼女は私の一番の友人でした」

「あ、あのバルバラの……」

もう、セレスタンの心はオデットに鷲掴みにされていた。

「ええ。乗馬は彼女に教えてもらったようなものですわ。初めての訪問が、こちらだったことを幸せに思います」

オデットは艶やかに微笑んだ。

それを横目でちらりと見て、レオナルドは『この、じじいたらしめ』と独白した。

一通りの挨拶が終わると厩舎を案内された。セレスタンは上機嫌でオデットに話しかけている。

「王妃陛下のシリルはここで生まれたんですよ」

「まさか彼女が生まれた場所を見られるなんて……！」

オデットは本気で感激していた。

セレスタンが、その様子を見て相好を崩す。セレスタンもオデットと同じように心から馬を愛しているのだ。レオナルドは一歩引いて、そんな二人を満足そうに眺めていた。

それから、二人はセレスタンに隣の厩舎へと案内される。

「ふふふ。今度はシリルの父親をご覧にいれましょう」

オデットが目をハートにして足を踏み入れると……バルバラは牝馬の尻に乗っかっていた。

「春は繁殖の季節ですからな」

セレスタンは、にんまりと笑った。

レオナルドが、いやらしい親父だと呆れつつオデットに視線を移すと、オデットは馬の交尾の様子を、ものすごく真剣に、じっと眺め入っている。愛馬がこうして生まれたとか、そういうことでオデットが感動しているのだろうと、彼は思った。

日が暮れると晩餐会だ。装飾のない木目を活かした素朴な大テーブルを囲む。晩餐会というよりも宴会といったほうがしっくりくる。

料理も宮廷のように、一人一人取り分けられ美しく飾られた繊細なものではなく、大きな肉塊や野菜を切り分けて食べるワイルドな食卓だった。しかもセレスタンの子や孫から従者までもが同席しているものだから、国王夫妻側もリュカなど側近や侍女も同じテーブルに着き、大いに盛り上がった。オデットの席はレオナルドとセレスタンの間だ。セレスタンとオデットは馬談義が止まらなくなっていた。

セレスタンは、オデットが酒を口にしていないことに気づいたらしく、ワインを勧めてきた。

「王妃は酒が呑めないので私が代わりに」

レオナルドが慌てて手を差し出したところを、オデットは制止した。

「せっかく、勧めてくださっているのだから、呑ませていただきます」

オデットは眉と瞳をきりっとさせ、かっこよく言い切ったのち、グラスのワインを一気呑みする。

案の定、ぼぼぼぼぼぼと全身を赤くしたあと、ぽてっと後ろに倒れた。

「セレスタン殿、申し訳ない。今宵はもう退席させていただく」

レオナルドはオデットを肩に抱き上げて、その場を辞した。

その後ろをリュカと侍女たちが慌てて付いてきたが、レオナルドは着替えだけ受け取り、あとは自分でやると告げて、宴会に戻るよう促した。

レオナルドは国王夫妻のための客室に入る。中央にある木目を活かした大きなベッドにオデットを横たわらせ、夜着に着替えさせてやった。

レオナルドはガウン一枚になり、添い寝をすることにした。最初は肘を突いて、オデットを心配そうに見守っていたが、うとうとと眠りに就いてしまう。

「み……み……」

「……ず……」

「み……ず」

レオナルドは不気味な声で目を覚ます。

そこには、うつろな瞳で呻《うめ》いているオデットがいた。

彼は起き上がってグラスの水を口に含み、仰向けになったままのオデットに口移しで水を与える。

唇を離すと、「大丈夫？」と、オデットが「もっと」と言うので、彼は、もう一回口移しで飲ませた。

「大丈夫？」と、レオナルドが顔をのぞき込む。

「う……ん」

オデットが物憂げに見つめてくるものだから、レオナルドは一瞬どきっとして目を逸らす。

すると、オデットが急に、がばっと起き上がった。

「そうだ、レオン。私は今日、すごい発見をしたのだ」

オデットは得意げだ。

「は？」

「人間も馬のような性交ができると思うんだ！」

レオナルドは、馬の交尾を真剣に見つめていたオデットを思い出した。

「ん、まあできるだろうね」

人間もよくやる体位だが、彼はあえてそれを口にしなかった。オデットが〝すごい〟発見だと思っているのだから、水を差さないほうがいい。

オデットは更に得意げになった。

「私は、これを〝馬乗位〟と名づけることにした」

レオナルドは呆気にとられた。

それは〝後背位〟だと突っ込みたかったが、せっかく命名までしたのだし、今日のオデットは大活躍だったので褒めることにした。

「なるほど。すごい発見だね！　一度やってみたいな」

ふふふと柔らかな微笑みを浮かべたオデットが「やってみて」と、レオナルドにくっついた。彼は雷に打たれたような衝撃を受ける。

オデットから誘われたのは初めてだ。しかも嫌がられそうだから後背位はやったことがない。レオナルドは、すかさず王位を奪還するような、チャンスを逃さない男だ。

「うん、じゃあ、ものは試しだ。人間でも、できるかどうかやってみようか」

彼は襟ぐりのリボンを解いて、オデットをうつ伏せにした。彼はオデットの背を、その大きな体で覆って、夜着を肩口まで下げながら、首から背へと舌を這わせる。

「ひゃ、あん」

前回酔ったときも、オデットが敏感になっていたことをレオナルドは思い出した。

夜着を腰まで下げて、背から腰へと舌を這わせる。それだけで、オデットの腰が跳ねた。彼は腰に何度もキスを落としながら左手を脚のほうへ伸ばした。ドロワーズを履いていないのでむき出しだ。彼が膝裏から太ももへと、指の腹でそうっと撫で上げていくと、オデットは甘い吐息を漏らし、早くも全身をもぞもぞとさせ始める。指が臀部まで辿り着くと、今度はその谷間を割り入り、彼女の陰唇へと差し入れた。

「はあ……ん！」

オデットは一段と高い声で啼《な》き、全身を突っ張らせて喉を反らせた。

彼は谷間から差し込んだ左手で彼女の秘所をいじりながら、右手をオデットの前から秘所へと伸ばす。レオナルドの長く節ばった指は、前からは蜜芽を、後ろからは蜜孔の辺りを蠢《うごめ》き、オデットはもう涙ぐみ、体をびくびくとさせるしかない。

彼の手に蜜が降り注ぐ。愛の蜜だ。

レオナルドは、その蜜に濡れた手を秘所から離して、目の前に持ってくる。それを、じっと見つめていると、もう愛しているかどうかを訊くこと自体が無意味なのではないか、そう思えてくる。

オデットは、酔うと彼に抱かれたがるし、酔っていないときだって、彼の愛撫に、気持ちいいと、喜悦の声を漏らす。レオナルドが愛の言葉を求めることは、夫婦間に契約書を持ち込んでサインを要求するような無粋な行いのような気さえしてきた。

「レオ……ン」

オデットの甘えたような声でレオナルドは我に返った。両手の指を使って秘所の愛撫を再開させる。すると、オデットが顔だけ彼のほうに振り返らせ、流し目で満足そうに微笑んだ。

そんな瞳で見つめられたらたまらない。レオナルドは両手を彼女の腹とシーツの間に差し込んで、臀部を引き上げた。耳元で囁く。

「膝立ちになって」

「ん……」

オデットが四つん這いとなり、臀部がさらに突き出される。彼女の白い双丘がいつもより丸みをもってレオナルドの眼下に現れた。

あまりに美しいので、そのまま欲望を穿つのがためらわれ、彼は両手を彼女から一旦離して顔を臀部へと下げ、双丘の谷間に舌を這わせた。

「や、あ……！」

オデットはびくっとさらに尻を突き上げてしまう。そうすると余計に秘所を舐めやすくなることも知らずに――。

指とは違う、柔らかで湿った感触を恥丘に感じ、オデットが狂おしいぐらいの官能に酔いしれていると、溢れる蜜をぴちゃぴちゃと舐める音まで聞こえてくる。

「あ……は……ひゃ！　あ……んん……ふ」

オデットの喘ぎ声が止まらなくなってきた。

そこでレオナルドは一旦、顔を離して上体を起こし、濡れた秘孔に彼の性をあてがう。オデットは自らの性に彼の硬く滑らかなそれを感じ、これから起こることへの予感におかしくなりそうになっていた。

レオナルドは挿入せず、しばらく彼女の蜜口を彼の尖端でつつく。

「あ……は……や……も、だめ、ねえ……レ、レオン……」

オデットにねだられ、彼もこれ以上我慢できそうにない。彼は手で彼女の臀部を掬《すく》うように持ち上げて、彼の楔《くさび》で最奥を抉った。

「ひゃぁ！」と、オデットは驚きと快感で叫ぶ。

後ろからは初めてだが、溢れる蜜によってたやすく奥まで誘《いざな》われた。抽挿を始めると、いつもとは異なる敏感なところが刺激されるのか、強い快感に悶えるように上体を前後に揺らしていた。その証拠に彼女は蜜壁をひくひくと痙攣させ、彼に快感のお返しをしていた。

「く……」

レオナルドは果てそうになるが、オデットを達《い》かせてからにしたいので耐える。抽挿をしながらも時々、手を伸ばして、たわわに下がった乳房の頂を指でつまんで引っ張ってやる。そのたびにオデットが「あっあっ」と小さく喘いで首を揺らす。髪の毛が左右にうねった。艶やかで美しい髪だ。

次第にオデットの膣の収縮が激しくなってくる。

「あ、やあ、きも……ち……い……あ！　ああぁ」

その喘ぎ声を最後にオデットの腰が砕け、膝で立てなくなった。レオナルドに腕で体を支えられる。

レオナルドは、ぐったりした彼女の腹を腕で支えて精を放つ。挿れたまま、しばらく肩で息をしていたが、彼女を後ろから抱きしめたまま、いっしょにベッドに崩れ落ち、そのまま眠り込んだ。

レオナルドが朝、目覚めると、珍しくオデットが先に起きていた。

ベッドの端で全裸のまま膝を抱えて縮こまっている。

「どうした？」と、彼が問うと、オデットはじとっと横目を向け、小声でつぶやいた。

「なんで裸なんだ、私……」

「え？　覚えてないの」

レオナルドが上体を起こした。

「お酒を呑んだ瞬間から記憶がないし、気持ち悪い……」

「だから、お酒、止めたのに」

「いや、しかし、せっかくの厚意だったから……」

レオナルドは、さすがにこれは覚えているのではないかと訊いてみた。

「あ、あの〝馬乗位〟のことは？」

「え？　乗馬位置？」

オデットにそう聞き返され、レオナルドは「いや、なんでもない」と答える。

またしばらく後背位はお預けになりそうだなと、彼は密かに溜息をついたのだった。

二人は玄関前でセレスタンとその家族に別れの挨拶をした。

「もっと泊まっていかれたらいいのに」

寂しそうにしているセレスタンに、オデットは必死で笑顔を作っていた。本当は吐きそうなところを耐えていたのだ。

その様子を見て、レオナルドは噴き出しそうになる。

何はともあれ、オデットの、王妃としての初訪問は大成功に終わった。

第七章　舞踏会の一日

　オデットはメモ魔だ。

　今日も鏡の前で侍女たちに髪を結ってもらっている間、本のように綴じられた紙に羽ペンで書き込んでいる。

　女官のアデールがのぞいてきた。夕刻から始まる宮廷舞踏会に参加するので今日は着飾っている。元々おっとりとして可愛らしい彼女だが、今日は化粧も濃く、結い上げた髪にピンクの薔薇の造花を差し、艶やかさが加わっている。

　舞踏会は独身の女にとって、将来の相手を見つける大事な社交場だ。

「何を書いてらっしゃるんですの？」

「ああ、よくぞ聞いてくれた」

　オデットはその紙の束を閉じ、得意げな顔で表紙を見せた。

『ナルミア研究レポート』とオデットの字で書いてある。

「あの、これは……ノートじゃないんですの？」

「中身が真っ白な本だ。私が書き込むことで本になっていくのだ」

「見たいか？」

鏡に映るオデットが、ものすごく見せたそうにしているので、アデールは頷くしかない。

一ページ目には、ナルミアの地図が手描きしてあった。オデットに絵の才能がないことが一目でわかる。ページを捲《めく》っていくと『舞踏会編』とあり、アデールの目が留まる。舞踏会が開かれた日付と、国王が話した相手の名前と、オデットを含む踊った相手の名前があり、その横には踊った回数が書いてある。

オデットが〝話した相手〟のところの名前を指差す。

「我が国の重鎮の名が連なっているだろう」

「ええ。まあ国王様がお話ししたお相手ですものね」

「私は、この研究レポートに書くために、新顔が現れたら踊った相手だろうが、しゃべった相手だろうが名前を尋ねているのだ」

「訊かれた相手がびっくりされていないことを祈りますわ」

「だから重臣たちとは、みんな友だちになれた」

アデールがプッと小さく笑った。

オデットにかかると気難しい重臣も友だち扱いになるのかと思うとおかしくなったのだ。

「そういえば、オデット様がいらしてから急に舞踏会の回数が増えましたのよ」

「まあ、ああいう場は夫人がいないと格好がつかんからな」

アデールは、フフと柔らかな笑みを浮かべて鏡の中のオデットに視線を送る。

「国王様は、きっとオデット様と踊りたいのですわ」

「私と踊ろうと思ったら何も舞踏ホールまで行かなくたって、いつでも踊れるだろう」

「華やかに装ったオデット様と、楽団の音楽に合わせて踊りたいのではありませんか」

「レオンがあそこで踊りたい相手は私だけではないぞ」

オデットがその『舞踏会編』のイヴォンヌという名を指差す。

「舞踏会で毎回踊っている相手が、私以外にもう一人いる」

アデールが無言になった。

「この女が何者か知っているか」

「え？　お話したこと、ありませんの？」

「ある。レオンの幼なじみだそうだ。だがハリントン伯爵が、彼女はレオンの愛人だと言うのだ」

「ええ？　まさか！　国王様はオデット様一筋ですわよ。ただ、レオナルド様はお小さいころ、イヴォンヌ様のご実家、バシュレ公爵家に預けられていたことがおありだから、ご恩を感じてらっしゃるのではないでしょうか。今も兄妹みたいなものですわよ、きっと」

「なーんだ、そうか。ミシェルは心配性だからな」

オデットはにかっと笑った。


王宮の舞踏ホールでは国王夫妻のファーストダンスが終わり、貴族たちがダンスフロアに集まっていく。イヴォンヌがレオナルドに近づいて来て誘い、二人は踊り始めた。

それに気づいたハリントン伯爵が適当に近くにいた女性を誘ってダンスを始める。彼は踊りながら二人を観察していた。

オデットはそれを見て、やれやれと目を上に向けてから、アデールに話しかける。

「わざわざ外国人の私と結婚せずに、この女と結婚すればよかったのにな。そう思わんか？」

アデールがレオナルドとイヴォンヌに視線を向ける。イヴォンヌが色気のある美人なので、オデットが嫉妬しているのだろうと、アデールは思った。ここは女官の腕の見せどころである。

「でも、いつもイヴォンヌ様から誘っていて、国王様からはお誘いになってはいらっしゃいませんわ」

「そうか……あんなに美人なのにな。そもそも私はレオンがなぜ私と結婚しようとしたのかが、未だによくわからんのだ」

「国王様が一目惚れされたんですよね？」

アデールは小首を傾げながら問う。この娘はしぐさもかわいいのだった。

「私は初めて会ったときから今まで、レオンに好かれるようなところは見せた覚えがないぞ」

「好かれようとして人に好かれるのでしたら、苦労しませんわ」

アデールが溜息をついた。

「そうか。お前、もうすぐ十九か。焦っているのだな」

ぎょっとしたアデールはオデットの耳元で囁いた。

「お願いですから、もう少し遠回しにおっしゃってくださいまし」

オデットはアハハと笑った。

すると「楽しそうですね」と、ベルジェ侯爵が声をかけてきた。

一方、レオナルドはイヴォンヌとダンスをしながら話していた。

「私の結婚式、いらしてくださいませんでしたわね」

「悪かったよ。外遊もあって忙しくてね」

「王妃様と乗馬レッスンのお時間はおありでしたのに」

イヴォンヌが恨みがましい目で彼を見つめてくる。

「あれは、視察のための練習だ」

「でも私、結婚したから、これで立場が同じになれて嬉しいんです」

「どういうことだ？」

「既婚者同士で恋愛ができるってことですわ」

「あんたが既婚だろうが独身だろうが、あんたと恋愛する気はないから」

「ひどい……。私にいつまで片思いさせるんですの」

「酷くない。あんたも結婚したなら腹をくくれよ」

「でも、レオン様、そのご結婚はうまくいってらっしゃるのかしら」

レオナルドは一瞬、険《けわ》しい目つきになるが、すぐに双眸を細めた。

「ああ。うまくいっている。外遊も大成功だった」

「確かに、王妃様としてのお仕事はうまくいってらっしゃるようですが、レオン様が愛されているとは思えないんですのよ」

ここで曲が途絶えた。レオナルドはイヴォンヌと離れて歩きだす。

——アイサレテイルトハオモエナイ。

その言葉はレオナルドの心に深く突き刺さった。彼はまだ愛していると言ってもらえていなかった。ホールを見渡すと、ベルジェ侯爵など年寄りの臣下の一団がある。おそらくあの中にオデットはいるだろう。オデットは異様におじさま受けがいい。

レオナルドは、その塊へと近づいて行った。


「みんな、器量よしの子息がいたら、このアデールがお勧めだ。気立てがいいし、男っ気もない」

アデールはぎょっとして口元を扇で隠して、オデットに耳打ちした。

「オデット様、おやめになってくださいまし。それでは殿方に人気がないみたいではありませんか」

「皆、アデールは殿方に大人気だから、早くしないと、ほかの男に盗られるぞ」

重臣たちが笑いだした。

「ここにいらっしゃる錚々《そうそう》たる方々には私なんて……到底」

アデールが扇で顔を隠して俯《うつむ》く。

「かわいいお嬢さん、何を卑下することがあろうか。オデット様がそうおっしゃるなら、探してやらんといかんな。うちの孫はどうだ」

ベルジェ侯爵の言葉にアデールは目を見開いた。ベルジェ侯爵家はこの貴族社会の頂点に君臨する家系だ。

「ええ？　そんな……わ、私なんかにはもったいないですわ」

そのやり取りを眺めて、レオナルドは寂しく微笑む。

オデットは明るい。

だからいつも彼の心を温かくしてくれる。けれども彼は、まだオデットの全てを手に入れられてないような気がしていた。

そういうとき、レオナルドはいつも強くこう思う。早くこの女を抱きたい、と――。それもそのはず、彼が妻に愛されていると実感できるのは、閨《ねや》の中だけなのだ。

レオナルドはオデットに近寄る。

「オデット、踊らない？」

「次はワルツか。いいな」

二人はダンスに繰り出した。


オデットがダンスを終えると、ハリントン伯爵に掴まった。

「陛下、オデット様をお借りしますよ」

伯爵の語気は強く、気迫を感じたレオナルドは「ああ」と頷いた。伯爵はオデットを連れてずんずんと彼から離れていく。

「なんだ、どうしたんだ？」

バルコニーまで着くと、伯爵がくるっと彼女のほうに振り向いた。

「悲しいお知らせがあります」

「は？」

「国王様とイヴォンヌはできています」

「え？」

「近くでダンスをして、耳をそばだてていたら聞こえてきた単語を発表します」

「はあ」

「『視察のための練習だ』『私が結婚したから、これで立場が同じに』『既婚者同士で恋愛ができる』『あんた』」

「『あんた』!?」

オデットが不愉快そうに目を眇めた。

「反応、そこですか」

「そうか。なんでイヴォンヌと結婚しなかったのかと思ったら……。大人は結婚してから本当に好きな人と恋愛するのか。そうか」

「そうか、そうか、じゃないですよ。抗議してきます！」

語気を強め、踵を返す伯爵のジュストコールを掴んで、オデットが制止した。

「待て。私が抗議する」


オデットはレオナルドをバルコニーに連れ出した。

「お前は私が初めての相手ではなかったから、女がいることはわかっていた」

「は？」

オデットが単刀直入すぎて、レオナルドは付いていけない。

「今後、私のことを、『あんた』と呼ぶな。『あなた』にしてくれ」

「は？」

「しらばっくれるな。お前がイヴォンヌのことを『あんた』と呼んでいることはもう調べがついているんだよ！」

オデットが声を荒げる。

「オデットは同じ呼び方をされるのがいやなんだ？」

「当たり前だ！　愛人と同じにするな！　私のことは『あなた様』でもいいぞ！」

「あんたの嫉妬って変わってるな」

「だから、あんたって、ほかの女と同じように私を呼ぶなって！」

レオナルドは両手で彼女の頬を包む。

「こら！　いやらしいことをしてごまかすな！」

「ごまかしてない。『あなた』が嫉妬してくれたのが嬉しいんだ」

彼はオデットに口づけた。

「レオン様？」

そこにイヴォンヌが現れた。二人がキスしているのを見て猛烈に驚いている。元来、彼は公の場でそんなことをするような性格ではなかったはずだ。長い付き合いのイヴォンヌだからこそわかる。

「舞踏会で何をしてらっしゃるんですの!?」

レオナルドは一旦、唇を離したが、両手はオデットの頬に置いたまま、彼女のほうを横目で見やる。

「見ての通り、愛する妻と口づけを交わしているんだ。邪魔しないでくれ」

イヴォンヌの眉間に不機嫌な皺が刻まれた。

「あら、そうですの。でもオデット様はレオン様のこと、本当に愛していらっしゃるのかしら」

二人の視線がオデットに向かう。

「え？　あ？　どうかな？」と、オデットは首を傾げている。

レオナルドの顔がみるみる赤くなった。怒りで——。

「こういうときぐらい、言えよ！」

「だって、お前、愛人がいるみたいだし」

「違うって！　なあ、イヴォンヌ？」

イヴォンヌはそれを見て、嬉しそうにクスッと笑った。

「レオン様も片思いで苦しむがいいわ！」

「俺は片思いじゃない」

そうイヴォンヌに吐き捨てるように言ったあと、レオナルドはオデットを見つめて、それを肯定してくれるのを待った。

それなのにオデットは「なんだイヴォンヌの片思いなのか」と肩を竦めている。

レオナルドは、『嫉妬するのは愛している証拠だろうが！』と喉まで出かかるが、『愛してる？』と問うのをやめる作戦を思い出し、口を噤んだ。

「そんな、奥様に夢中なレオン様になんか興味ないから、もう、いいわ」

プイッとそっぽを向くイヴォンヌにレオナルドが告げる。

「そうか。そうだな。旦那を大事にして」

イヴォンヌが視線を戻すと、レオナルドが安堵で微笑んでいるではないか。それが癇《かん》に障《さわ》った。

「レオン様も王妃様に大事にしてもらえるといいですわね」

イヴォンヌは、ホホホと意地悪く笑い、去っていった。

その夜、レオナルドは寝室で怒り心頭であった。

「あんた、今晩は容赦しないからな」

彼は、オデットの舞踏会用のドレスを引っぺがし始める。

「『あなた様』」

「イヴォンヌを、あんたって呼ばなきゃいいんだろ！　十歳のとき、イヴォンヌの邸に住んでいたことがあるから、家族みたいなもんなんだ」

「そうか。お前は家族だと思うと『あんた』と呼ぶんだな」

「……そう言われてみればそうかもな」

オデットは、いつの間に下着だけになっていた。レオナルドは舞踏会のたびに、ドレスを脱がす腕が上がっている。

「なら、私もイヴォンヌも『あんた』と呼んでいいぞ」

「それはそれは、ご許可いただき光栄ですよ」

「こういうときだけ丁寧な言葉になって……感じ悪いな」

レオナルドがオデットの腰をぐっと抱き寄せた。

「オデット……俺はあんたしか欲しくないんだ」

鼻先が触れるくらいの距離で艶っぽい目つきで囁かれ、さすがのオデットもドキッとしてしまう。

「そ、そうか。疑って悪かったな」

レオナルドはオデットを抱き上げ、ベッドの上にポンッと放った。

「あ、これ楽しい！」

喜ぶオデットに、レオナルドは「子どもみたいだな」と笑う。

そして今度はオデットに覆いかぶさり、彼女を抱きしめたまま体を横に倒した。ベッドを二人でごろごろと回転する。ベッドが大きいからできる技だ。

「わわ！　これも楽しいぞ」

オデットはレオナルドの首をぎゅっと抱きしめた。ベッドの端まで転がると、レオナルドは回転を止める。オデットが上になっていた。

「あんたといると楽しい」

レオナルドがそう言うと、オデットから唇を重ねてきた。こんなことは滅多にない。

「私は明後日の海、すごく楽しみにしているんだ」

「ああ。晴れるといいな」

「今のまたやって」

オデットが上目遣いでねだってくるものだから、レオナルドはまた、ごろごろと転がった。すると、オデットが笑顔ではしゃぐ。こういうときの彼女は少女のような愛らしさがあった。その大きな青い瞳をくりくりと好奇心いっぱいに見開いて頬を紅潮させ、口元をゆるめている。レオナルドも思わずつられて笑顔になる。

だから、「もう一回！」と言われると、嬉しくなって、ごろごろと再び転がってしまうのだ。

「もう一回！」

ごろごろ。

「もう一回！」

ごろごろ。

これが十回以上続いたころだろうか、さすがにレオナルドも飽きてきて「あと三回でやめるからな」と転がった。

「さあ、もう終わりだ」

レオナルドはオデットの首に口づけながら、下着のリボンを解《ほど》く。だが反応が全くない。

オデットはぐっすりと眠りに就いていた。

最後のほうは、揺りかご状態になっていたようだ。レオナルドは、がっくりと肩を落とす。だがオデットが眠ったままニマニマと楽しそうに微笑んだので、クスッと笑った。

「まあ、いいか」


翌朝、オデットが謁見用のヘアスタイルを侍女に作ってもらっているとき、テーブル上の『ナルミア研究レポート』がセザール男爵夫人の目に留まった。

「このご本、オデット様がお書きになったんですの？」

「よくわかったな」

オデットが得意げに答える。

こんなに大きく迫力のある文字を書く女はオデットぐらいだ。

「少し拝見してよろしゅうございます？」

「ああ。感想を聞かせてくれ」

『寝室編』というページが目に入ってきた。

人は皆、本を読むとき、自分の興味のあるページに目が留まるものだ。だから、アデールは『舞踏会編』、男爵夫人は『寝室編』というわけだ。

日付と数字が並んでいる。数字はほとんどが2か3で、たまに1か4もある。夫人は最初、意味がわからないまま眺めていたが、オデットの生理日に斜線があることから気づいた。

「オデット様、もしかしてレオナルド様との回数を記録してらっしゃいますか」

「さすがだな。これもナルミア研究の一環だ。レオンには秘密だぞ」

「昨日は0だったんですね？」

「昨日、転がっているうちに眠ってしまったのだ」

「転がって……？」

「ああ」

オデットが顔をほころばせたので、男爵夫人は『転がって』の意味がよくわからないまま微笑み返した。

「楽しくてよろしゅうございましたね」

第八章　レオンの中の少年

舞踏会の翌日は海へ出かける日だ。

朝、オデットは頬、胸、膝に固いものが当たっているのを不思議に思いながら目を覚ます。目の前にベッドヘッドがある。クッションの上に乗り上げ、全裸でベッドヘッドにへばりついていた。

今日の回転は九〇度だったというわけだ。

反対側に転がると、ガウンを羽織ったレオナルドが目に入った。ベッドの中央で片膝を立てて、憂鬱そうに窓の外を眺めている。

どしゃぶりの雨だった。

「雨……？」と、起き上がりながらオデットが尋ねると、レオナルドが顔を向けてきた。

「ああ、そうだ。おはよう」

オデットは夜着を頭からかぶる。

「また次の機会に、海に連れていってくれ」

「……ああ」

レオナルドの声に覇気がない。

「そんなに、行けないのが残念なのか」

「ああ……」

　レオナルドは膝に頬をのせ、顔を横に倒してオデットに視線を送る。

　彼が、おいてけぼりの少年のように心細そうな眼差しをしているので、オデットはレオナルドの横に座り、抱きしめてしまう。

「私は気づいているぞ。お前は雨の日、いつも憂鬱そうにしている」

「ああ。畑にとっては恵みの雨なのに……俺は閉じ込められている感じがして駄目なんだ」

　レオナルドが顔を膝の上から離し、オデットの頭にくっつける。

「私は温かいだろう？」

　オデットは子どもに向けるような優しい目をしていた。

「ああ。あんたはいつも温かい」

　目を瞑る彼を見上げながら、オデットは母親のことを思い出す。

「小さいころ、母にもそう言われた。そういうとき『私のお腹には太陽があるんだ』と答えていたそうだ」

　レオナルドは少し口角を上げた。

「あんたらしいな」

「これからは、お前には雨の日も太陽があるんだ」

　レオナルドは目を見開く。そして瞠目したまま、オデットの柔らかい胸に顔を埋めた。オデットが彼の背を両手で優しく包み込む。

「お前は私の胸が好きなのだろう？」

「ん、そうだね。気持ちいい」

もちろん胸以外も好きだが間違いではない。

「では、雨の日はこうしてやる」

「なぜ」

「そうしたら、雨の日も好きになれるだろう？」

レオナルドは、ゆっくりと目を閉じた。

† † †

——あれは十歳の俺。

別棟の塔の最上階に閉じ込められて、いつも窓から外を眺めていた。

父王が亡くなった途端、十六歳だった異母兄の親戚である伯爵家が暗躍し、第一王位継承者である俺から王位を簒奪《さんだつ》した。

俺はまだ十歳だから国王にふさわしくない、というのが言い分だ。

母はアルヴィ王国から嫁いできた王女で、国内に親戚がいなかった。味方は外交官一人だ。

兄が即位して国王と認められるまでの三カ月間、母と二人、塔に幽閉された。

その間《かん》、俺がいずれ殺されるのではないかと母は怖れ、半狂乱になっていた。殺される可能性があることなど、俺の前で口にして欲しくなかった。おかげで俺まで死の恐怖に怯える羽目になる。

母は、次第に、おかしくなっていき『バローネ伯爵が抗議してくれているはず』『バローネはどこにいる』と母国アルヴィの外交官の名前ばかりつぶやき始めた。

† † †

レオナルドは今でも、雨の日は部屋に閉じ込められているような感じがして、当時の感情が生々しく蘇ってきてしまうのだ。

だが今日は違った。

どしゃぶりの雨だというのに、心が温かかった。

レオナルドの瞳から滴が一粒、零れた。

「なんだお前、泣いているのか。そんなに胸が好きなのか」

オデットが屈託なく笑っている。

「違う、あんたが好きなんだ」

彼は上体を起こし、両手でオデットの頬を包んだ。そして彼女の上唇を優しく啄《ついば》む。

「あんたがいれば雨も怖くない」

唇が触れるだけのキスをする。

「あんたが俺と結婚してくれてよかった」

顔を斜めにして、彼女の少し開いた唇の中へ舌を入れ、オデットの舌先に少しだけくっつける。するとオデットが彼を抱きしめたまま唇を強く重ね、その小さな舌を入れてくる。こんな情熱的なキスをしてくれたのは初めてだ。

「私も、お前と結婚できてよかった」

自身を真っ直ぐに見つめるオデットを目にし、彼の心中に驚きと、このうえない愛しさと、今までにない幸福感——その三つが同時に湧き上がった。

† † †

これ以上の愛の言葉があるか？

愛しているかどうかを問うのは愚かだ。

俺は愚かだった。

両親は政略結婚で、愛し合うことができなかったが、俺は違う。母は父に、愛していると言われたことがないそうだ。おそらく母も言っていない。

父は愛人に心の拠《よ》りどころを求めた。愛人のほうが先に孕《はら》んだことで、二人の関係がさらに悪化したようで、愛人の子が生まれてから俺が生まれるまで六年かかっている。

俺たちがあの二人のようになるわけがない。俺はオデットを愛しているし、オデットだって俺のことが好きだ。

† † †

レオナルドは座ったまま両手でオデットの腰を持ち上げて自身の大腿の上で脚を開かせる。オデットの両太ももが彼の腰をぎゅっと抱きしめてくれた。ドロワーズを穿《は》いていないので、彼の性と彼女の性が直に重なる。

二人は向き合い、お互い舌を入れ合った。くちゅ……ちゅ……という歯擦音《しさつおん》が雨音を忘れさせてくる。

愛おしいという気持ちがレオナルドの体中を脈打っていった。彼は開《はだ》けかけていた自身のガウンを取り去り、オデットの夜着を捲《めく》り上げて放る。

もう、二人を遮るものは何もない。

腹の中で太陽を輝かせるオデットの体は温かく、柔らかく、滑らかだ。

レオナルドは片腕でオデットの背を支えながら屈んで乳頭をそっと甘噛みし、口内で舐める。もう一方の乳房は手のひらで円を描くように撫でた。

「ん、は、んん……や……ん」

オデットが気持ちよくなるなら何度でもしてやる。しばらくの間、雨音のなか、彼女の愛の声が響いていた。

「は、あ……も、だめ……レ、レオ、ン……」

オデットは、そのサファイアのように美しい青い瞳を潤ませて頭を上げる。彼女が背を反り返らせると、艶やかな鳶色の髪が空中で舞う。そうしながらもオデットは、レオナルドの性に蜜をしとどに零し続けていた。

レオナルドは手を胸から、つつつと下げていき、彼女の蜜口に忍ばせる。オデットはもうかなり敏感になっており、触れた瞬間にガクガクと全身を震わせた。

彼は両手でオデットの臀部を包《くる》み、尻を持ち上げ、すでに硬く熱くなっている性を下から一気に穿つ。

「え!?　や!　ふか……」

レオナルドもそう思った。今までで一番、深く繋がった気がした。

彼と彼女の間に境界線はなかった。二人はひとつになったのだ。体だけでなく、心も——。

この日は一日中、寝室から出なかった。食事もベッドの上でとった。

幸せで濃密な一日だった。

こんな雨の日が来るなんて、人生は何が起こるかわからないと、レオナルドは心から思った。

第九章　愛なんて知らなければよかった

翌日は一転して、快晴だった。

オデットは、春の陽光の下、中庭のテーブルで紅茶を飲みながら小説を読んでいた。

それを見つけたハリントン伯爵がやってきて向かいに座る。オデットの侍女に自分の紅茶も頼んだ。

「もう、あの分厚い歴史書は読み終わったんですか。小説を読むなんて珍しいですね」

オデットは読んでいるページに馬の刺繍が入った栞《しおり》を挟み、本を閉じた。

「ああ。もうナルミア史はばっちりだ。それで最近、小説を読んで『愛してる』よりいい言葉を探しているのだ」

ハリントン伯爵は、意外な発言に耳を疑った。

「え？　どうして？」

「どうもこうも私は、いつの間にかレオンに惚れてしまったようなのだ」

オデットの口調は、恋する乙女のそれではなく、ゆゆしき事態に直面した政治家という感じだ。

「え、まあ、それは夫婦円満でよかったじゃないですか。外交官としても歓迎しますよ。さっさと世継ぎでも産んで、国母にでもなってくださいよ」

オデットは首を横に振った。

「そう簡単にはいかん」

「なぜ？」

「私は『愛してる』という言葉を使いたくないのだ。だが、それを言わないと子種をもらえぬだろう？」

オデットが子種をもらえていないと思い込んでいるだけで、全く避妊していないことをレオナルドから聞いていたので、伯爵は複雑な表情を浮かべた。伯爵は心の中で、なんて面倒くさいカップルだろうと悪態をつく。

「オデットは、なんでそんなに『愛してる』と言いたくないんです？」

「私の王位が目当てだったくせに、元婚約者のルネが私に使ったからだ」

伯爵は怪訝そうに首を傾げた。

「でも、あなたはルネではないでしょう？」

「だが、私がその言葉を使うと、レオンの王位目当てになってしまうような気がするんだ」

「オデットがその言葉を使っていないということは、つまり、王位目当てでないオデットはレオナルド様が好きってことになりますよ？」

「そ、そうなんだ。こないだ、私もそれに気づいたところだ」

オデットが頬を赤らめている。

伯爵は唖然とした。相手が好きかどうかを知るのに、どうしてこんな回り道をしなければいけないのか。呆れたように溜息をつく。

「それで、『愛してる』より、いい言葉は見つかりそうですか」

「『海よりも深い愛を君に』『百万回のキスを贈りたい』……候補はいくつかあるんだが、これ、というのがない」

「それを、そのまま言えばいいじゃないですか」

「え？　『海よりも』のほう？　それとも『百万回』のほう？」

「そうじゃなくて、『「愛してる」よりいい言葉をずっと探しているのだけれど、文学の素養がなくてまだ見つからない』って言えばいいんですよ。これ以上嬉しい告白はないでしょう？」

「あ、なるほど。文学的でなく、ストレートなほうがいいわけだな」

オデットは膝を打ち、テーブル上の羽ペンにインクを付け、メモをし始めた。

「そのほうがオデットらしいですよ」

伯爵は、やれやれといった風情で片方の口角を上げた。

「そ、そうか」

オデットは立ち上がる。

「どうしたんです？」

「善は急げ！　これからレオンの執務室に行ってくる」

ちょうど侍女が伯爵の前に紅茶をサーブしたところだったので、侍女も驚いた顔をオデットに向けた。

「私一人で行くから、お前たちは付いてこなくていい」

侍女たちにそう告げて、オデットが去っていった。

テーブルの上には、オデットのメモ書きが置き忘れてある。

伯爵はクスッと小さく笑ったあとティーカップに口をつけて、足早なオデットの後ろ姿を眺めた。


――相思相愛というのは、こんなに幸せなものなのか。

ここのところオデットはそう思っていた。

ただ、それを相手に伝える術《すべ》がなかっただけだ。だが、やっとそれが見つかった。レオナルドはどんな反応をしてくれるのか。キスの嵐が起きるかもしれないし、はたまた、今まで体験したことのないようなすごいキスをしてくれるかもしれない。

オデットの胸は期待と喜びに満ち溢《あふ》れていた。

執務室にレオナルドはおらず、鍵がかかっていたので、以前、彼にもらった鍵で開けて中に入る。

そこは、オデットの想像より広く、会議でもできそうな大テーブルと、一対一で話すためのローテーブルがあり、そして中央奥に、歴史を感じさせる重厚で大きな木製の執務机があった。おそらく、国王が代々使ってきたものだろう。そして壁中《かべじゅう》に歴代の国王の肖像画が掛けてある。オデットは順繰りに眺めたが、前国王であるレオナルドの兄のものがない。彼の父親の肖像画は、目元がレオナルドと少し似ていた。

全て眺めたあとの感想は『レオンが一番かっこいい！』だった。

ローテーブルの前にある椅子に座っているうちに、彼女の中にいたずら心が芽生えてくる。

執務机は小柄なオデットだと寝られそうなぐらい大きい。彼女は、この下に隠れて彼をびっくりさせてやろうと思った。

人がいないように見せるために、オデットが執務室の内鍵を閉めた瞬間、レオナルドと他の誰かの話し声が聞こえてきた。オデットは慌てて執務机の下に潜り込む。

執務室に王が王妃を連れ込んでいるなんて噂が立ったらいやだから、客が去るまで、ここで隠れていようと思ったのだ。執務机の下は脚を伸ばせるくらい広く、思ったより快適だった。

ガチャガチャと鍵を開ける音がして、扉が開く。

「河川の視察は私一人で行くから、安心しろ」

レオナルドの声だ。低くて張りがあって素敵だ。

「それは何よりです。王妃様とご一緒だというのに、アンティラ地区に馬車ではなく乗馬で入られたと聞いて胆を冷やしましたよ。発砲されたら一巻の終わりですからね」

もう一人のしわがれ声は、おそらく六十代の重臣のベルジェ侯爵だ。

「別に戦場に連れていったわけではない」

「どこで狙われてもおかしくないでしょう？　トリニアとの同盟が今は一番大事なのですから、もう少し王妃様を大切になさってください」

「私の妻なんだから、私の好きなように使わせてもらう」

オデットは一瞬ムッとした。だが、重臣の前で虚勢を張っているのだろうと思い直した。彼は年若な国王だ。

「陛下の夫人である前に、トリニアとの同盟の証《あかし》でしょう？　同盟国ができたことで、この春、ギーズ王国は急におとなしくなった」

ギーズ王国とは、レオナルドの兄王の時代に戦争になったが、彼が即位した三年前からは停戦状態だ。だが終戦ではなく停戦なので、毎年のように春夏には小競り合いが起こるようだった。

「攻撃してこなかったのは、何も婚姻だけが理由ではあるまい」

「いえ、私は同盟のおかげだと思っております。トリニアの王女様を落としてきてくれた陛下には、いくら感謝してもしきれません」

――落としてきた？

オデットの心臓が早鐘を打った。

――私はルネじゃない。レオンがルネだった……！

ドアをノックする音がした。

「土木工事担当の技師五名が到着しました」

明るく通るリュカの声だ。

「ああ、じゃあ『謁見の間』を使おう」

そうレオナルドが言ったあと、扉の開閉音に続き施錠の音がして、執務室は再び沈黙を取り戻した。

オデットは、しばらくそこで呆然としていたが、のろのろと起き上がった。そこからどうやって、自室に戻ったのかは、あまり覚えていない。

オデットが顔色を失くしているので、女官のアデールは、「お休みになられたほうがいいですわ」

と、侍女たちに命じて夜着に着替えさせた。オデットは侍女が持ってきた胸元の開いた夜着は拒み、母国から持ってきた襟の詰まった夜着を着せてもらい、ベッドに潜り込む。

——あんな馬鹿げた愛の告白をしなくてよかった。

オデットは舞い上がったところをいきなり突き落とされたような気持ちだった。オデットがルネに何をされても平気だったのは、ルネに惚れていなかったからだ。

彼女にとって、こんな苦しみは初めてのことだった。

——愛なんて最初から知らないほうが楽じゃないか！

夕食の時間になってもオデットは食欲が湧かなかった。

『王家の食事の間』にオデットが来ないと聞いて、レオナルドが『王妃の居室』を訪ねてきた。オデットに食欲がないなんて、今まで一度もなかったことだ。

オデットはベッドに潜ったままだった。寝たふりをしようと決めていた。

「二人きりにしてくれ」

レオナルドが人払いをしようとしているので、彼女は寝たふりを断念し、ベディングをかぶったまま声を発した。

「気分が悪いから、侍女たちには傍にいてほしい」

彼はベッド脇に腰を下ろし、ベディングに手をかけて、オデットの顔を見ようとした。

「やめろ」

オデットはベディングにくるまったままでいる。

「大丈夫？」

心配そうな声が耳に入り、オデットはいらだちを強めた。

――私に何かあったら国家の危機だもんな。せいぜい心配してろ。

「顔、見せて？」

レオナルドの優しい声に、口惜しいことに下肢が疼いてしまう。

――ルネより巧みすぎて気づかなかったが、こういうふうに女の心を掴むんだ、この男は……。

「いやだ。今日は一人にしてくれ」

「そうか。じゃあ、もう邪魔しない。ゆっくり寝てくれ」

レオナルドの寂しそうな声が聞こえたあと、扉が閉まった音がしたので、オデットは、むっくりと起き上がった。

「横になったままのほうがよろしゅうございますわ」

「ご無理をなさらないでくださいまし」

アデールと侍女たちは驚いて口々に安静にするよう言ってくる。

オデットは彼女たちを見据えた。

「そなたたちの主人は、私か、それともレオンか」

四人とも「もちろん王妃陛下です」と声を揃えて答えた。

「そうか。なら、しばらくレオンとは二人きりにしないでほしい」

翌朝、アデールが国王の執務室に呼ばれた。

椅子に座るレオナルドに向かい合い、執務机を挟む形でアデールは立っていた。

「オデットは朝食にも出てこなかったが、別に懐妊したとかそういうわけではないよな？」

レオナルドが問うと、アデールは意外そうに目をぱちくりとさせた。

「オデット様は以前、陛下が子種をくださらないと、おっしゃっていましたが……」

レオナルドは片手で口を押さえ、赤くなった。

「いや、それはオデットの誤解……だが、これは誤解させたままにしておいてくれ」

「はい。わかりました。では月のものが遅れたときは、すぐにご報告いたします」

「頼むよ。それより、今までこんなことがなかったから心配している。病気かもしれないなら、宮廷付きの侍医ではなく、世界一の医師を呼び寄せてもいい」

レオナルドが心配そうに眉を下げて口をぎゅっと結んでいるので、アデールは白状することにした。

「私が申し上げることは、オデット様には内緒にしてくださいますね？」

「ああ、もちろんだ」

「オデット様は病気ではございません」

「では、なんだ？」

「……大変申し上げにくいのですが、陛下とお会いしたくないだけのようです」

それから半刻も経たないうちに、レオナルドは、『王妃の居室』にいた。

オデットが長椅子に座り、パンをもりもり食べていたところに、前触れもなくレオナルドがやってきて、バツの悪い思いをしていた。彼が仕事中だと思い、油断していたのだ。

「皆、二人きりにしてくれる？」

レオナルドがそう言うと、オデットが「いや、しないでくれ」と、反対のことを命じる。

侍女たちは、どちらに従うべきかわからず、うろたえた。

「使用人を困らせるのは駄目な主人の典型だ。我々がここを出るべきだな」

レオナルドは、パンを手にしているオデットを肩に担ぎ上げた。

「やめろ！　私は物ではない！」

肩の上で暴れるオデットを抱えて、レオナルドは『王の居室』へと去っていった。


彼は寝室で、オデットをベッドに下ろす。

「こんな乱暴な扱いをして……！　ハリントン伯爵に書簡を書かせて、母国に抗議してもらうぞ！」

この結婚は同盟が目的だから、オデットは、このセリフが最も効果的だと思っている。

だが、レオナルドが意に介さず、軍服の上衣を脱ぎ捨てたので、オデットは猛烈にいやな予感がした。

——今、レオンとは絶対に性交したくない。

彼はオデットの夜着に目をやった。

「それは母国から持参したものかな」

レオナルドは声色こそ優しげだが、何か怒気を孕《はら》んでいるように聞こえる。

「ああ……あの破廉恥《はれんち》な夜着はもう着たくない」

「……そして、俺にも会いたくないってわけか？　なぜだ」

レオナルドが語気を強め、シャツの胸元をゆるめたので、オデットはあとずさった。

「べ、別に。もともと『愛してる』なんて言ったことないだろう？」

レオナルドがものすごく傷ついた表情《かお》になったのが、鈍感なオデットでさえもわかった。

彼は静かにベッドに座り、視線をオデットの双眸に向ける。

「あんたが以前、『努力する』と言ったことを覚えているか？」

まるで取り調べのような口調だった。

「ああ覚えている」

オデットは腰を下ろしたまま後ろに移動しながら、声を絞り出した。

「『トリニアに向けていた愛を俺に向ける』『俺のことを好きになる』……で、努力したのか」

オデットは背にベッドヘッドが当たったのを感じた。これ以上、彼から離れることができない。

「ああ。努力はしたが、昨日から努力する気が失《う》せた」

「いいかげんにしろ！」

レオナルドが大声で叫んだので、オデットはびくっと震えた。彼はオデットだけでなく、臣下にだって、こんなに声を荒げたことはなかった。

愛が深ければ深いほど、裏切られたときの憎しみは強くなる。

「なんなんだ！　人の心を愚弄して楽しいか！　あんたは残酷な女だ！　人を天国まで上げては突き落とす！」

レオナルドが一気に捲《まく》し立てた。

「お前だってそうだろう！」

オデットも負けていない。

「俺はいつだって、あんたによくしているつもりだ」

「そんなのうわべだけだろう！」

二人は長く、黙って見つめ合った。何度も見つめ合った二人だが、今日は全く違う。二人とも怒りで頭がどうにかなりそうだった。

「……あんた、子種は欲しいんだろう？」

レオナルドが口火を切った。静かな声だった。

「あ、いや昨日から方針が変わった。お前の子種はいらん」

オデットが手のひらをぐっと彼のほうに突きだした。

自分自身を否定されたような気がして、レオナルドはさらに深く傷ついたが、平静を装い淡々と告げる。

「あんたの方針はころころ変わりすぎる。よって却下する」

レオナルドはオデットの踝《くるぶし》を掴んで体を引き寄せた。

オデットは、ずりずりとレオナルドのほうに引きずられる。それにつれてスカートが捲《めく》れ上がっていく。

「な、何をする！」

オデットはキッと彼を睨んだ。

レオナルドは婚前に、オデットから睨まれたことが何度かあるが、こんなに憎しみに満ちた視線ではなかった。それが、彼の怒りに油を注いでしまう。

「何を今さら、初心《うぶ》なふりして……！　さすがに、もう何をするかなんて、わかっているだろう!?」

レオナルドの瞳は、今まで見たことがないほど冷たい炎をたたえていた。

片手でオデットの肩を掴んで体を横に転がして、うつ伏せにし、ドロワーズを一気に下ろす。自らのトラウザーズもゆるめた。

「酔って記憶がないみたいだが、この体位、あんたはかなり気に入っていたぞ」

彼は意地の悪い笑みを浮かべ、なんの愛撫もないまま、彼女の股ぐらを掴んだ。

そんな乱暴な扱いなのに、そこを触られただけで、オデットの下肢は熱くなり、悦楽が全身にほとばしる。そんなそぶりを見せまいと、オデットは下唇を噛んで耐えた。

レオナルドは、もう片方の手で尻を持ち上げ、自分のほうに突き出させ、いきなり彼の楔で奥まで抉った。

オデットの下唇に血が滲《にじ》んだ。

——口惜しい！

何が口惜しいかというと、こんな扱いなのに感じていることだ。オデットは自身の中に彼を取り込み、悦びで彼を締めつけている。まだ自分の体は、心はレオナルドを、こんなにも求めている。それが口惜しくてならないのだ。

レオナルドが奥の奥まで突いてくる。いつもと違うところがこすれる。声が漏れそうになり、さらに強く唇を噛む。

——痛い！　痛い、痛い！

唇よりも、心が痛い。

「ふん、いやがっているのは口だけじゃないか」

レオナルドがオデットの両脇を抱え、繋がったまま座したのでオデットは彼の大腿に跨がるように座った。今度は下から激しく突き上げてくる。

オデットはこんな抱かれ方をしたことがなかった。

いつもの彼は優しく、甘く、ゆっくりと快感を与えてくれて、そこに彼女は愛情を感じ、安心してその快感に溺れることができた。

だが、今日は違う。

ガッと奥まで、まるで刃《やいば》のように刺してきたかと思うと、ずずっと引っ込める。そしてまた奥まで刺す。

彼の抱き方は、まるで憎い相手への復讐のようだ。

それなのに感じてしまうなんて、どういうことだと、オデットは信じられない思いだ。

両脇を抱えていた彼の手が下にずれ、彼女の乳房を乱暴に掴む。その手のひらが、すでに尖った彼女の乳首を刺激してくるので、オデットは声を漏らしそうになるが耐えた。

彼が出し挿れをするたびに水音がほとばしり、淫猥な蜜が掻き出される。そうしながらも、胸の先端をぐりぐりとつまんでくる。

こんな荒々しい扱いを受けているというのに、オデットを甘い痺れが包み始めた。そして彼のそれをうねるように圧迫していくので、彼の性もまた一層膨れ上がる。それがさらなる快感をオデットに植え付けたあと、爆ぜた。

オデットは、どくどくと注がれているのを感じる。初めて感じたそれに、唇を噛む歯が外れる。

「や、あああああ！」

快感で叫んだのだが、嫌がって叫んだようにも取れる声だった。

レオナルドは昏い目をして肉棒を抜き、オデットを前に倒した。

オデットは、夜着の裾が捲《めく》り上げられ、尻が露わになったまま、ぐすぐすと、うつ伏せで泣いていた。ベッドの上にはパンの欠片《かけら》が転がっている。

それを後目《しりめ》に、レオナルドは着衣の乱れを正し、軍服を羽織って何事もなかったように背筋をぴんと伸ばした。オデットをちらっと見下ろしてから言い捨てる。

「ちょうど、明日から視察に出るから、しばらく俺の顔を見ずに済むぞ。よかったな。せいぜい羽を伸ばしているがいいよ」

つかつかと寝室から出ていったのち、居室の入り口の扉が乱暴に閉まる音が聞こえた。従者が閉める前に、わざと聞こえるように自分で閉めたのだ。

オデットが『王妃の居室』に戻ってきて、侍女たちは驚きを隠せなかった。王妃が唇に血を滲ませ、呆然としていたからだ。いつも活き活きとしている彼女のこんな表情を見るのは皆、初めてだった。

女官のアデールは、レオナルドに事実を告げてしまったことを悔いた。まさか、愛妻家のナルミア国王が、こんなことで怒るとは思ってもいなかったのだ。彼があまりに心配しているから、病気ではないことを伝えたかっただけなのに——。

食べかけのパンをテーブルに置いたまま、オデットはベッドに、もそもそと潜り込む。パンはオデットが一番好きな食べ物だ。それを途中で食べるのをやめることも、今までなかったことだった。

† † †

その夜の『王夫妻の寝室』にオデットはいなかった。

ガウンを羽織っただけのレオナルドが片足を肘掛けの木枠に乗せて、だらしなく長椅子に腰掛け、ワインを呑んでいる。

目の前にあるのは空のベッドだ。

雨音を耳にしながら、ここで一日中、オデットと睦み合ったのは一昨日のことだ。レオナルドは、今、どうしてこんなことになっているのかが理解できなかった。

『努力したが、昨日から努力する気が失せた』

何かあったとしたら、昨日だ。あの日、オデットは中庭でハリントン伯爵としゃべっていた。ベルジェ侯爵と回廊を歩いているときに見かけた。伯爵はオデットの元婚約者と同じ金髪碧眼だ。

レオナルドの心には、どろどろとした黒い感情が湧き上がっていた。


朝、起きると、ベッドには誰もおらず、雨音が聞こえてくる。レオナルドは猛烈な孤独感に襲われた。彼は以前よりも雨天が辛く思えるようになっている自分に気づく。

『これからは、お前には雨の日も太陽があるんだ』

あの言葉はなんだったというのか。あのときだけの気まぐれだったのか。

――オデット、今日も抱きしめてくれよ！


エントランスホール前の馬車回しに、王族用の豪奢な馬車が停まっている。

軍服に身を包んだレオナルドはエントランスに着くと、ぐるりと見回した。重臣、侍従、近衛兵はいるが、オデットはいない。

オデットの侍女が慌てた様子で現れた。

「王妃様は体調が優れず、見送りにはいらっしゃいません」

「わかった」

レオナルドは頷く。

これは一種の儀式みたいなものだ。仮病であることは彼も侍女も重々承知だ。

「陛下、おはようございます♪」

その沈んだ雰囲気のなか、ハリントン伯爵の陽気な声が聞こえてきた。レオナルドは一番見たくない顔を目にして、顔をしかめる。

「お前の国は、王妃が見送りに出られないときは、外交官が代わりを務める風習でもあるのか」

彼の嫌味に、伯爵は意外そうに答える。

「ええー、なんでいらしてないんですか？　陛下といちゃついているところを冷やかしてやろうと思っていたのに」

あまりに呑気な発言に、レオナルドは拍子抜けした。

何が目的で、なんでこんなことを言っているのか、問い質《ただ》したくて仕方ないが、今日から三日間は視察だ。彼は馬車に乗り込んだ。


レオナルドは馬車の中で腕を組み、目を瞑る。

――この忙しいときになんで俺、視察で三日も潰さないといけないんだ。

オデットの顔が浮かぶ。

『もう痛くないぞ』

そう言って、彼の顔をのぞき込んだオデットの大きな青い瞳――。

――ああ、そうだ、あいつのせいだ。

あのときも、その気にさせておいて、月のものだとか言って自室に戻ったオデット。一カ月前のことだが、彼には、ものすごく前のように感じられた。

レオナルドは自身を親とは違うと思っていたが、現実はそううまくはいかない。そんなこと、わかっていたはずなのに夢を見た。

——俺もそのうち寂しさに耐えかねて、父のようにほかの女でも作るんだろうか。

レオナルドは仄暗い微笑を浮かべた。

† † †

一方、オデットは、まだ夜着のままで、自室の窓からレオナルドの馬車を見下ろしていた。

雨が降っている。

またレオナルドが泣いているのではないかと一瞬、心配になった。だが、一瞬だけだ。すぐに昨日受けた屈辱を思い出し、「ざまあみろ」と独《ひと》りごちた。

† † †

ハリントン伯爵が『王妃の居室』を訪ねてきたとき、オデットはまだ夜着姿だったので、伯爵を応接室で待たせていた。その間に、彼女はドレスに着替え、侍女に真っ赤な紅を引いてもらう。

オデットが姿を現すと、伯爵がプッと笑った。

「何それ、イメージチェンジですか。口紅濃すぎ！」

昼の怪我を隠すためだとも言えず、「たまにはいいだろう？」とオデットはうそぶく。男色家はこういうことに鋭くて困る。

「思ったより体調がよさそうで、何よりです」

「ああ。仮病だから」

あっさりと言い放つオデットに、伯爵はぎょっとした表情《かお》を向けた。

「……どうしてそんなことを？」

オデットは手のひらを伯爵のほうに突き出し『その話題はストップ』という動作をしたあと、、少し照れたような顔になった。

「その前に——こないだ中庭で私が言っていたことは忘れてくれ。全て気の迷いだ」

「ええ!?　どうして？　あのあと、旦那の浮気現場でも見たんですか」

伯爵はオデットが照れているだけだろうと高を括《くく》って、冗談っぽく返した。

「いいや」

オデットが真面目に首を横に振っている。

「では、何が気に食わないんです？」

「それは言えないが、私はレオンとは別居したいんだ」

伯爵は耳を疑った。

「はあ!?　故郷が恋しくなったんですか」

「今さらおめおめと母国には戻れんだろう」

「では、どこでお暮らしになるんです？」

「こんなときのための持参金だろう？　トリニアから、がっぽりふんだくってきたわ。あれで名馬でも育てて悠々自適さ！」

空元気《からげんき》な感じが伝わってきて、伯爵は困惑し、首を傾げた。

伯爵は『王妃の居室』を辞して、回廊を歩きながら、オデットの母親であるトリニア王妃との会話を思い出していた。

†　†　†

——あれは、トリニアの『王妃の居室』の応接室だった。

ハリントン伯爵がナルミア駐在の外交官になることが決まり、王妃は自らの居室に招いてくれた。『謁見の間』のような他人行儀な場所ではなく、破格の扱いだ。

伯爵は黄金で縁取られた椅子に座り、王妃と向き合った。

「あの娘《こ》はかわいそうな娘なのよ。私たちの血を王家に残すための保険にされた」

王妃はいきなり本題に入った。それだけ娘の行く末が心配でならないのだろう。

「王子が生まれなかったときの保険、というわけですね」

王妃は頷きながら続けた。

「オデットは、ああ見えて繊細なところがあって、王子が生まれてからは、それを敏感に感じとっていたわ。しかも気位が高いから、憐れまれたら余計に傷つきそうだった。私にはどうすることもできなかったの」

王妃の瞳に涙が滲んだが、伯爵はあえてそれは見なかったことにする。

「そこにちょうど現れたのが隣国の若きイケメン王というわけですね。羨ましい！」

伯爵が肩を竦め冗談ぽく両手を上げると、王妃が彼を上目遣いで見ながらクスッと上品に微笑した。

「そう、それよ。あなたに外交官としてオデットに付いていって欲しいと思ったのは。あなたは人の心を軽くさせることができるから」

「光栄です」

伯爵は口角を上げて会釈してみた。

「オデットは男のように育てられ、それを誇りに思っている。だから、いきなり〝夫人〟になるのに抵抗があると思うの。きっとナルミア国王にも迷惑をかけると思うわ。そこをあなたにフォローしていただきたいの」

伯爵は、王妃の懇願するような瞳を思い出す。

──今みたいなときのために私は、この国に遣わされたんだよな、きっと。

彼は、じっと前を見据えて回廊を踏みしめるように歩いた。

† † †

三日経ち、国王が帰還したときも、オデットはエントランスホールにいなかった。迎えに出たのは出がけと同様に、重臣と侍従、近衛兵、そしてオデットの代わりにハリントン伯爵がいた。

レオナルドは不愉快そうに伯爵を一瞥したが、伯爵は微笑で返す。

「陛下が妙案をくださいましたので、私が代わりに来ることにいたしました」

「ご苦労」

レオナルドが、そう冷たく告げて去ろうとしたところ、伯爵の冗談まじりの声が耳に入ってくる。

「頭にリボンでも付けてきたほうがよかったでしょうか？」

いらだった顔つきでレオナルドが振り返ると、伯爵が笑っている。

「君は私を愚弄《ぐろう》しているのか」

「いいえ、オデット様のことで、ご相談したいと思っています」

伯爵が今までにない真剣な表情になった。

しばらく伯爵の双眸を睨みつけたのち、レオナルドはつっけんどんに言い放つ。

「……今回の視察の報告があるから、夕方にしてくれ」

「わかりました」

伯爵は恭《うやうや》しく一礼をした。


空が橙色に染まるころ、執務室のローテーブルで二人は向き合っていた。

「で、何の御用かな」

レオナルドは椅子にもたれかかり、腕を背もたれの後ろに流して脚を組んでいる。靴の裏は、伯爵のほうを向いていた。

その態度を見て、ハリントン伯爵は首を傾げる。

「陛下、必要以上に私に冷たくないですか」

「オデットとの仲がうまくいかなくなったのは、お前が原因だとしか思えない」

レオナルドが伯爵をじとっと睨む。

プッと伯爵は噴き出してしまった。

「本気でそう思ってらっしゃるんですか」

レオナルドは憮然として腕を組んだ。

「ほかに考えようがないだろう？　君と中庭で話したあと、オデットが私を避けるようになったんだから。これが原因じゃないなら、なんだと言うんだ？」

伯爵にもそれはよくわからない。しばらく黙り込んだあと、話を変えた。

「最近、オデット様は小説を読んでいませんでしたか？」

「ああ、歴史書は読み終えたらしいな」

「オデット様は母国でも愛読書は歴史書と算術で、文学になんて全く興味がなかったんです。そのオデット様が小説を読み始めたんですよ？　なぜだか、わかりますか？」

「そんなこと知るか！」

レオナルドが視線を横にやる。

「愛の言葉を探していたんです」

彼は怪訝そうに眉をひそめて伯爵の顔に視線を戻した。

「『いい言葉が見つからない』というから、それをそのまま伝えればいいと告げたら、こんなことをメモしていました」

伯爵はオデットが忘れていったメモをテーブルの上に差し出す。レオナルドは組んでいた脚を下ろし、上体を前に傾けた。

そこには、オデットの伸び伸びとした大きな字でこう書かれていた。

『「愛してる」なんかよりずっといい言葉を、お前にあげたいと思っているのだけれど、本を読んでも、まだ見つからない』

レオナルドは一瞬、泣きそうになった。

オデットが温かいのは体だけではない。お腹の太陽は心も温かくしてくれる。

本当は、そんなこと、知っている。

レオナルドが一番知っている。

彼は、片手で双眸を覆い、テーブルに肘を突いた。

――いつもこうして持ち上げておいて、また俺を突き落とすんだ！

翌朝もオデットは、体調が悪いという理由で『王家の食事の間』に姿を見せなかった。ただ『謁見の間』には侍女とともに現れる。二人とも、随分久々に会ったような気がした。たった一週間しか経っていないにもかかわらず――。

オデットがレオナルドの横に座ったのを見届け、侍女は下がった。

「体調が悪いのに謁見には出るんだな」

レオナルドは、つい意地の悪いことを言ってしまう。

オデットは、そんな彼をじろりと横目で見て答えた。

「ああ。外交官がうるさいから、王妃の義務は果たすことにした」

「『王妃の義務』とは謁見のほかに何があるんだ？」

皮肉な微笑を浮かべながら、レオナルドがオデットに顔を向けるが、オデットは視線を合わせることなく、前を向いたまま淡々と答える。

「晩餐会、舞踏会にも出る」

「俺の子を産むのは義務じゃないのか」

オデットがぎろっと睨んだ。

「いいだろう。男児が生まれるまで、孕《はら》み続けようではないか。私の母のようにな」

「では、月のものが終わったら俺の寝室に来い」

レオナルドは怯《ひる》むことなく、部下に命じるような口調で告げた。

実のところ彼はもう、一人で寝る寂しさに耐えられなかったのだ。自分のことを嫌いでも、横にいてくれるだけでいいと思っていた。


その後、レオナルドは、オデットがメモを忘れたまま執務室に向かったという時間帯について調べた。

執務室の近くでオデットの姿を見かけた衛兵が何人もいた。侍女をひとりも付けずに単独で行動していたようだ。入室したという者もいた。だが、この時間帯、レオナルドは、ほとんど執務室にいなかった。午後、ベルジェ侯爵と一回、中に入ったがリュカに呼ばれてすぐに出て行っている。夕方、書類にサインをするために戻ってくるまで、ずっと外していた。

だから、ここに来ても誰もいなかっただろう。

ここで身を隠して何かを耳にしたとしても、ベルジェ侯爵に小言を言われていたときぐらいだ。聞き流していたのであまり覚えていないが、侯爵はオデットに夢中だし、元々結婚に大賛成だから、オデットを悪くは言っていないはずだ。

では、誰かから余計なことを吹き込まれたりしたのだろうか。

レオナルドは侍女一人一人を呼んで話してみたが、皆、わからないという。

女官のアデールは、自分が余計なことを言ったせいで国王夫妻が仲違いしたのではと気にしていたが、そもそもの、避けたくなった理由については全く心当たりがないようだった。

それから三日経ち、オデットの月のものが終わった。夜、侍女に連れられ、オデットは渋々『王夫妻の寝室』に足を踏み入れる。

寝室で二人きりになると、レオナルドは、扉の前で突っ立ったままのオデットを抱きしめた。

「こないだは、頭に血が上って、ひどい抱き方をした。すまなかった」

オデットは、むっつりと黙っていた。

レオナルドは、彼女を抱き上げて、ベッド中央に腰を下ろし、オデットを自分の大腿の上に横向きに座らせる。だが、オデットは顔を彼のほうに向けず、まっすぐ前を向いたままだ。

「何を怒っているんだ」

「怒っていない、お前がいやになっただけだ」

レオナルドの心がずきりと痛む。

「そうか、嫌いな男とこんなことができるのか、あんたは」

レオナルドは目の前にあるオデットの耳を優しく噛み、夜着の上から両胸をそっと包み込んだ。

オデットは顔色ひとつ変えず応える。

「ああ。それが政略結婚だろう？　私は妹たちと違って王妃となるべき教育を受けていないので、うまくいかず申し訳ない」

「……じゃあ、あんたは、嫌いな男の、子を孕《はら》んでも平気なのか」

レオナルドの舌が耳から首筋へと這っていく。

「うるさい！　黙って子種でもなんでも仕込んだらいいじゃないか！」

オデットはそう声を荒げ、えぐえぐと子どものように泣き出した。

レオナルドは唇を首から離して、ぎゅっと抱きしめ、オデットの頭に頬をすり寄せる。

「愛しているから、拒否されると辛くてたまらないんだ」

「本当に愛していたら、あんなひどいことできないだろう！　私は、義務は果たす。でも愛だけはお前にやらん！」

『「愛してる」なんかよりずっといい言葉を、お前にあげたいと思っているんだけど』

――そこから、どうしてこうなってしまったんだ？

「……わかった。悪かった。もうあんたに何も強要しない。義務などに囚《とら》われず、好きにしたらいい。自室にお帰り」

レオナルドは無表情を装っていたが、オデットは彼も泣いているような気がした。だが、そそくさと『王妃の居室』へ戻っていった。

その後、彼と会うのは、謁見、舞踏会、晩餐会でだけになった。

† † †

――まずい。同盟の危機！

ハリントン伯爵は焦っていた。

あのメモをレオナルドに渡して大団円のはずだったのに、あの夫婦は本当に頑固だ。

「オデット、話があります！」

伯爵は『王妃の居室』を訪れ、オデットの前で仁王立ちしていた。

オデットは、伯爵を一瞥しただけで、長椅子に腰掛けたまま、パンをもりもり食べ続けている。

「いつも食べてません？」

オデットはじとっと、伯爵を見上げる。

「心労で腹が減るんだ」

伯爵は呆れたような視線を送ってしまう。

「女は強くってやーね。レオナルド様は、あんなに落ち込んでいるっていうのに」

「お前は、また美形の味方か」

オデットは、あからさまに不快感を露わにしたが、伯爵は全く気にしない。

「当たり前です。あんな長身筋肉質イケメン王と結婚なんて、今後二度とできませんよ」

「私は神の教えに忠実だから一回しか結婚しないんだ」

「なら、そろそろ仲直りしなさい。母国だって、それを望んでいます」

「ふん！　ナルミアと仲良くして、トリニアにメリットがあるのか。この国はレオンの兄のせいでボロボロじゃないか」

「それをレオナルド様が立て直しつつあるから、そこを評価して、トリニア国王は、あなたを嫁に出したわけでしょう？」

伯爵が真剣に語りかけると、オデットが素《す》っ頓狂《とんきょう》な顔になった。

「え、そうなのか？」

「では、なんだと思っていらしたんですか」

「……厄介払い」

オデットは俯いて答えた。

「オデットって自尊心が高いくせに、妙にご自身を卑下しているところがありますね」

パンが喉に詰まって、オデットは胸をトントンしている。

「レオナルド様に対しても、そういう誤解を抱いていないことを祈りますよ」

オデットは無言になって、手にしているパンを見つめた。


——ああ、いやだ！

オデットは説教をされるのが一番嫌いなのに、最近、誰も彼もが説教してくるのだった。彼女がレオナルドの居室に寄りつかないから、仲が悪いのはバレバレなのだ。

『国王様が、おかわいそう』くらいならまだいいが『それなら浮気されても仕方ないですよ』とまで言ってくる輩《やから》もいる。

——美形好きのミシェルまでもが、したり顔で説教だ。

皆が自分に望んでいることは結局、国王の寝室に行って、やられてこいということではないか。

――王妃陛下、王妃陛下と持ち上げるけれど、結局、娼婦と変わらないんだ！

そんなことを長椅子に座って悶々と考えていると、セザール男爵夫人の艶っぽい声が耳に入る。

「オデット様……」

男爵夫人がにじり寄ってきた。

――また出た！　妖怪説教たれ！　これだ。みんなこうやって私との距離を詰めてから説教をスタートさせるんだ。

オデットは落ち着いた声で先制攻撃する。

「説教は、今さっき外交官にされてお腹いっぱいだ。むしろ私の配偶者に説教してもらいたいものだ」

男爵夫人はオデットの横に座った。

――まずい。距離がなくなった！

夫人はオデットより頭ひとつ分、上背があり、母親のようにオデットの頭を撫でてくる。

――今までにない技が繰り出された！　さすが夫人。だてに一日六回やってない。

「レオナルド様にどのような説教をしたらいいか教えてくださったら、いたしますわ」

オデットは俯き、沈黙した。

――あいつ、『愛してる』なんて言って私をたらし込んだけど、目的は国防だったんだぜ！

喉まで出かかって止めた。

というのも、これは国民にとっては、いい王様ということになるからだ。

しかもオデットだとて、レオナルドと結婚してもトリニアにメリットがないと文句をたれたことがあった。人のことは言えない。そもそも『出国したいから結婚しただけ』と平然と彼に告げていたのはオデットだ。

もごもごしているオデットを見下ろしながら、夫人は口角を上げた。

「頭でっかちなオデット様。ご自身の目でご覧になったことを、もっとお信じになったほうがよろしゅうございますわよ」

オデットは下を向いたままだ。

「オデット様がいらしてから、レオナルド様は別人のようにおなりになりました。昏い目で仕事ばかりして、人を寄せつけなかった国王様が、毎日、本当にお幸せそうに――」

「ふ～ん。それはよかったな」

オデットは依然、俯いたまま、どうでもよさそうに答えた。

「今だから明かしますけど、セックスは週何回かと訊かれたら毎日と答えるように頼まれたこともありますのよ。そのとき私は、レオナルド様はオデット様に夢中なのだと思ったものですわ」

オデットは顔を上げて眉根を寄せた。

「なんだ、二人で私を謀《はか》ったのか」

「ですが、さすがの国王様も、私が一日に何回もしている強者だとは思ってらっしゃらなかったようですのよ」

夫人は得意げにホホホと高笑いした。

――今までで一番すごい説教妖怪だった……。

セザール男爵夫人に言われなくても、本当はわかっている。

レオナルドほど深い愛情のこもった眼差しをオデットに向けてくれた人間は、今までにいない。

その彼が、あんなに冷たくオデットを抱いた。

――レオンをそうさせたのは私だ。

オデットはもう、どうしたらいいのかわからなくなっていた。

† † †

一方、レオナルドは追い詰められていた。

独身のときは一人で寝るのは平気だった。というより、ベッドは最低限の睡眠をとるための場所だった。今は一人で寝るのが辛い。一人ではよく眠れなくなっていた。

孤独なあまり、彼はオデットと会える舞踏会を楽しみにするようにまでなってしまっていた。

――舞踏会は、いい。

宮廷の舞踏ホールで、レオナルドは自分の手を取り踊るオデットを見つめる。

彼は独身のころは舞踏会が嫌いだった。大の大人がくるくる回って馬鹿なんじゃないかと思っていた。しかもそれが社交だという。そして見合いの場でもある。

レオナルドが独身のとき、若い女たちはこぞって彼に色目を使ってきた。わざとよろけて彼の腕に掴まったりする演技派もいたぐらいだ。

皆、王位が目当てだ。

だが、オデットは違った。レオナルドの腕の中で楽しそうに活き活きと踊っていた。

踊っていた……そう、過去形だ。

今、オデットはにこやかな表情こそ作っているが、型通りに踊っているだけだ。彼女はこれが『王妃の義務』だと思っている。

——それでも舞踏会は、いい。

オデットの腰に手を回し、見つめ合える。

短い間とはいえ、まるで愛し合っているような気持ちになれる。

それなのに彼はつい、皮肉っぽくこんなことを言ってしまう。

「これで外国の賓客は、ナルミアとトリニア、このふたつの国の同盟が固く結ばれていると思うのだろうな」

オデットの眉が不愉快そうにぴくりと動く。

「そうだ。よかったな」

レオナルドはこの言葉に納得がいかない。

——よかったのはあんたのほうだろう？　あんたが愛してるのは、いつだって母国、トリニアだ。俺じゃない。

「これで、あんたの国も俺の国も安泰だな」

「お前は、いい王様だ」

――また、これだ。国王としてはいいが、夫としては駄目だという意味なんだろうか。

レオナルドはいつだって国よりもオデットを優先してきたつもりだ。彼には、彼女が何を考えているのか、さっぱりわからなかった。


そして、もう一人、舞踏会を楽しみにしている者がいた。

イヴォンヌだ。

二人が仲違いしていることをいち早く見抜き、舞踏会のたびに、レオナルドを口説いてくる。今日も、国王夫妻のダンスが終わるや、彼をフロアに引っ張り出した。

二人は踊りながら話す。

「ねえ。やっと決心してくださった？」

「何を？」

「私を愛妾にすること」

「冗談だろう？　父が愛妾との間に子を作ったせいで、母と俺がどれだけ苦労したか」

「王妃様にお子が生まれなければ、そんな悲劇は起こりませんわ」

イヴォンヌは蠱惑的《こわくてき》な微笑みを向けながら、必要以上に肢体をレオナルドに密着させた。

それを見て、いらだつのはハリントン伯爵だ。

「あ、あの薔薇の腐ったような女をのさばらせるなんて、オデット、このままで口惜しくないんですか!?」

オデットは興味なさげに、レオナルドとイヴォンヌに目を遣《や》る。

「むしろ、さっさと愛妾を作ってくれれば、私は別居して自由気ままに過ごせるのになぁ」

伯爵のいらだちは強まるばかりだ。


ドドーンと、王宮に爆音が響く。

『王妃の居室』の長椅子で横になり、歴史書を読んでいたオデットは、その凄まじい音に上体を起こした。

「なんだ。戦争でも始める気か」

オデットが侍女に視線を向けると、侍女は「塔のある別棟を取り壊しているそうです」と答えた。

オデットは窓のほうへ近づきながら、文句を言う。

「ああ、あの黒焦げの？　でも、なんでわざわざ壊す必要があるんだ？　おちおち読書もできん」

「稲妻が落ちてから使われていませんでしたからね。まあでも、ほら、やはり国王様はあそこでお辛い思いをされたから、というのもあるのではないでしょうか」

侍女はオデットに目配せをした。

オデットは、きょとんとしてしまう。

「辛い思い？」

侍女は、一瞬、しまったという感じで顔を歪《ゆが》めた。

「え、ご存じではいらっしゃらないのですか……」

「何を？」

「え……そ、それは、ご本人にお訊きになって下さいまし。噂で聞いただけの私からは申し上げられません」

狼狽して目を泳がす侍女を前に、オデットは威厳のある女王様モードに切り替わった。

「それは私が夫とほとんど交流がないと知ったうえでの発言かな？」

侍女は自分が知っていること全てを吐かされた。


——そういうことか。

レオナルドが以前つぶやいた言葉。

『閉じ込められている感じがして駄目なんだ』

その意味がやっとわかった。雨の日が憂鬱なのは、あの塔に幽閉されていたときのことを思い出すからだ。だから執務室に兄王の肖像画がなかった。

「で、もちろん、レオンは異母兄を処刑しているのだろうな？」

オデットが真顔で訊いてくるので、侍女は唖然とした。

「してないのか」

侍女はこくこくと頷いた。

「その兄は今、何をしているんだ」

「た、確か国外追放でしたかと……」

「あいつ、詰めが甘いな」

オデットは視線を斜め上に向け、いらだつように顔をしかめた。

「え？」

「敵に情けをかけた王は大抵、殺《や》られる」

オデットがきりっとした双眸で、そう断言する。

「そ、そうなんですか」

「早く忠告しに行かね……」

ドアのほうに歩を進めたオデットの足がぴたっと止まった。

「あ、いや……いいや。あ、あいつなんか殺られてしまえばいいんだ」

オデットは照れをごまかすかのように下唇を噛みしめた。嫌いなやつの心配をするなんておかしい。その後、出窓に座り、解体される塔をじっと眺めた。


『謁見の間』ではレオナルドとオデットが、玉座に並んで座っていた。

——いつも、この、最初の謁見人が入ってくるまでの間《ま》が気まずい……。

オデットは、彼の顔をちらっとうかがった。

レオナルドは最近、無表情なことが多い。男爵夫人によると『元に戻った』そうだ。

ガンガンガンガンと、騒音が聞こえてきたので、オデットは思わず彼に話しかけた。オデットから声をかけるのは久しぶりだ。

「お前、あそこに閉じ込められていたんだって？」

レオナルドは不愉快そうに顔を歪めたが、前を向いたまま口を開いた。

「誰に聞いた？」

「情報源に関しては守秘義務がある」

「ふん、大方、おしゃべりな女官か侍女だろう」

レオナルドが横目でちらっと見てきた。

「さあな。でも、あそこからどうやって出られたんだ」

「母の母国の外交官が再三、面会希望を出していて、兄が即位して一カ月後にやっとそれが叶った。面会は口実で、そのまま母と俺を本国に連れ帰ったというわけだ」

「だが、お前は帰っていないはずだ。帰っていたら、今ここにいない」

「さすがだな。母もそれを考えた。アルヴィに帰国すると俺の王位継承が難しくなる。そこで母は国内の支援者……イヴォンヌの父親であるバシュレ公爵に俺を託し、一人で帰国した」

「え？　お前、お母様がご存命なのか？」

「ああ。今もアルヴィで元気に暮らしているようだよ」

レオナルドは全然オデットのほうを見ずに、前を向いたまま淡々と答えた。

「そうか……生き別れも悲しいな」

「オデットも俺のせいで母親と生き別れだ。あんたには悪いことをした」

そう言ってオデットのほうを向いたレオナルド。無表情のなかに寂しさが滲んでいた。

オデットは愕然とする。

――なんだ！　謝るな！　謝るなよ！

その日、謁見の内容が全く頭に入ってこなかった。

――追い詰めたのは私。

『ご自身の目でご覧になったことを、もっとお信じになったほうがよろしゅうございますわよ』

雨が降ると、心の中に、悲しげな少年が出現するレオナルド。彼が求めたものは妻の愛だけだったのに――。


オデットに呼ばれてハリントン伯爵が『王妃の居室』へと足を踏み入れる。

彼女は、スカートに広がりのないドレス姿で長椅子にもたれかかっていた。

「……なんで夜着なんですか」

オデットは、だるそうに伯爵を見上げた。

「よく見ろ、夜着ではなく、シュミーズドレスだ。最近、部屋に引きこもっているから、腰に鳥籠《パニエ》なんか付けなくていいんだよ」

「いよいよ駄目人間になってきましたね。……少し太ってるし」

呆れ顔の伯爵をキッと睨み、オデットは、テーブル上の信書を手にする。

「お前、母に密告したな」

がんがん、どどん、ガガガと、また取り壊し工事の騒音が耳をつんざき、二人は眉をひそめる。

「……どこか郊外の城に一時避難させて欲しいものだ」

「確かに……」

伯爵はオデットと向かい合わせの椅子に腰掛けた。

「母からこんな手紙が来たぞ」

オデットが信書を開いて、テーブルの上に放る。

そこには、オデットのやっていることは子どもみたいだと非難する文面があった。

「ミシェルがトリニアに密告したから、これが来たんだろう？」

「正式な報告書には書いていません。ただ、王妃に、どうしたらいいかアドバイスを求めただけです」

「私がレオンと寝て、男児を孕《はら》むようにしむけるには、どうしたらいいかって⁉」

オデットが荒《すさ》んだ笑いを浮かべた。

「それはナルミア国民の希望でしょう。お母様は、オデットのお幸せを祈ってらっしゃるのですよ」

オデットが口を噤んだ。

「オデットのことを、とてもご心配なさっているのですよ」

伯爵は畳み掛《か》けるように言った。

——そういえば、私、お母様と、一生、会えないかもしれないんだよなあ。

『あんたには悪いことをした』

レオナルドの言葉を思い出した。

あのとき彼に結婚を後悔されたようで、オデットは悲しかった。

――まあ、私は後悔させるようなことばかりしているのだけれど……。

オデットが黙り込んでいると、馬の嘶《いなな》きと蹄の音が聞こえてきた。

「今度はなんだ」

オデットが窓に近づくと、眼下に五十騎以上の近衛兵がいる。視察のときのような見栄えのいい兵ではなく、ベテラン兵揃いだ。

オデットが窓枠に浅く腰掛けた。

「なんだ？　戦争でもするのか」

伯爵も窓の前に立つ。

「え？　知らないんですか。今日、あなたの旦那様は、ギーズ王国に向かうんですよ」

「なんで停戦中の国に？」

「国境で軍の末端が勝手に小競り合いを起こしたらしいんですよ。これを収めるために国王同士の対談を申し入れて、ナルミア国王自ら出向くそうです。前代未聞ですよ」

オデットの手が震える。

――自殺行為だ。あいつヤケになっているんじゃないか……。

そんな心配を隠すかのように、オデットは平静を装った。

「レオンに何かあったら、同盟国の我がトリニアも敵に回すから、だ、大丈夫だろ」

「あの軍事大国にとっては、トリニアとの同盟なんてあまり意味がないでしょう」

伯爵は皮肉な笑みを浮かべて、オデットを見やる。

「え、まあ。確かにうちの軍事力では……」

——よく考えればそうなんだが、あのベルジェ侯爵が言っていたから鵜呑《うの》みにしてしまった。

「ナルミアは兄王の時代に一度、ギーズ国王に瀕死《ひんし》の重症を負わせたことがあるでしょう？　仕返しされないといいですけどね。しかも国境からは近衛兵なしで、身一つで入……」

伯爵が話している途中で、オデットは部屋を飛び出して行ってしまった。

第十章　ちょうだい、ちょうだい、あなたをちょうだい

ガラガラ、ドドドと轟音《ごうおん》が上がる。

レオナルドは王族用の豪奢な馬車の前で、解体作業中の別棟を一瞥した。戻ってくるころには、この忌々しい塔は消えているだろう。これから和平交渉に赴くので、彼は珍しく軍服ではなく、ジュストコールを羽織っていた。

騒音のなか、馬車に乗り込もうとすると、後ろからむにゅっと何かが体当たりしてくる。

振り向くと、泣きじゃくっているオデットが抱きついていた。

「行くな！」

「え？」

レオナルドは、とまどいながらも、オデットと向き合う。

オデットは顔を上げて、彼の双眸を見据えた。

「お前、死ぬぞ」

「ええ？」

「愛してるから行くな！」

「えええ!?」

あまりに意外な展開に動揺しつつも、レオナルドはオデットを片腕で抱き上げて、顔を同じ高さにした。子どものように泣いているオデットを見てクスッと笑う。

「あんた、少し太ったな」

「い、いや、なの……ヒクッ……か」

オデットは嗚咽しながら応じる。

彼は親指で彼女の頬の涙を拭ったあと、ちゅっと軽いキスをした。

「いやじゃない。柔らかくて気持ちいい」


ハリントン伯爵がオデットを追ってエントランスホールに着くと、オデットは馬車の前でレオナルドに抱きついていた。

「これこれ。こないだの視察のとき、こういう、いちゃついているところを冷やかしたかったのよね」

伯爵は満足そうにニヤリと微笑む。


オデットは、レオナルドに呑気なことを言われていらだっていた。

「お前は、もう少し自分を大事にすべきだ！」

彼の腕から下りて、見送りに出ている六人の重臣たちの前で仁王立ちとなる。重臣たちは、ポカンとオデットを眺めていた。

「そなたたち、私はまだ孕《はら》んでいないぞ！　国王が死んだら、レオナルドの血統は途絶える。それなのに国王一人を危険な国にやるなんて、重臣が聞いて呆れるわ！」

ベルジェ侯爵が一歩前に出た。

「その通りです。王妃陛下にしか止められないと思っていました。我々がいくらお止めしても、一人で行くとおっしゃって……」

「えーっ!?」

振り返り、レオナルドを半眼で見やる。

「お前、妻に冷たくされたからって、ヤケになるんじゃない」

「んなわけあるか！　俺が行ったほうが早く解決するから行くだけだ」

レオナルドは、久々にオデット節を聞いて嬉しそうだ。

「ナルミアの近衛兵は、あちらの国に入れないのに？」

オデットに疑り深い眼差しを向けられて、レオナルドは肩を竦めた。

「そうしないと和解に来たって信用してもらえないだろう？」

「本当に安全だというなら私も連れていけ」

「え、それはちょっと」

彼が目を逸らす。

「ほら、やっぱり安全じゃないんだ！」

オデットは語気を強めた。

「うん、まあ、あちらの国王が馬マニアなら連れていってもいいけど……」

レオナルドは少し迷ったように視線をずらしたあと、今度は両腕でオデットを抱き上げる。彼が小声でオデットに耳打ちすると、二人の視線はハリントン伯爵のほうへと向いた。

オデットが頷くと、レオナルドは彼女を抱き上げたまま、笑顔で伯爵に語りかける。

「そうだ、確か君の国は王妃の体調が悪いとき、外交官が代わりを務めるんだったな」

「ええっ!?　それは陛下の皮肉に意趣返ししただけでしょう？」

伯爵は二人の意図を掴みかねて困惑している様子だ。

レオナルドは意に介さず、そばに控えていたリュカに命じる。

「馬車を至急もう二台用意して。あと、王妃の侍女と、ハリントン伯爵の侍従を呼んできてくれ」

伯爵の頭には『？』が浮かんでいた。

ギーズ王都に向かう王族用の馬車の中には、レオナルドとオデット、そしてこの二人と向かい合って、なぜかハリントン伯爵が座っていた。

オデットはシュミーズドレスのままでレオナルドの肩に寄りかかっている。

「やはり適材適所でいかないと」というレオナルドの主張で、オデットではなく、ハリントン伯爵がギーズ王都に行くことになったのだ。

ギーズ国王は男色家で有名で、金髪碧眼がお好みらしい。一緒に行くと主張していたオデットも、男色家が相手では役に立てそうもなく、渋々、国境の町で待つことに同意した。

オデットは真面目な顔で伯爵に告げる。

「レオンが危なくなったら、自らの貞操を捧げてでもレオンを守るのだぞ」

「だから危険じゃないって！」「私の好みじゃありません！」

レオナルドと伯爵、二人の声が重なる。

「レオンが死ぬ確率がたとえ百回に一回でも、もしその一回に当たったら、それが全てになってしまうだろう？」

オデットが可哀想な仔犬みたいな瞳でレオナルドを見上げた。

レオナルドは、しばらく心が荒んでいただけに、幸せすぎて倒れそうになっている。

それを一瞥するや否や、伯爵は「私は、侍従と同じ馬車に乗ります」と、御者に止まるよう伝えた。

「後ろ向きに進む席で酔ったなら替わってやるぞ」

相変わらず、とぼけたことを言ってくるオデットを伯爵は一笑に付《ふ》す。

「あなたたちの仲が悪くても困るけど、いちゃつかれてもいらつくんですよ」

伯爵は、後続の馬車へと移っていった。


オデットは、二人きりになると急に照れくさくなった。

馬車の中は、蹄と車輪の音しかしない。

仲違いをしていたのは一カ月だけだったのだが、一年ぶりのような気さえする。

レオナルドが上体をオデットのほうに向けて両手でそっと頬を包んだ。愛おしそうに彼女を見つめる。彼がオデットによくしていたことだ。

――次は、きっと口づけをしてくれる。

彼の顔が近づいてくる。

レオナルドは少し舌を入れるキスをしては、また離してオデットをじっと見つめ、また角度を変えて唇を重ねてくる。

――ほら、これも私が思った通りだ。

一カ月間、心の距離が空いていたが、すぐに彼の感覚を取り戻せた。自分の中には、こんなにも彼が刻まれている。

「レオン、もっと、お前を私に刻み込んでくれ」

レオナルドは再びオデットに口づけをして、舌を奥まで入れてくる。彼女は、それだけでもう悦楽の海に溺れそうだ。

オデットは溺れないように彼の背に両手を伸ばして、しがみついた。

「ああ、あんたは、そうやって俺を、あんたなしには生きられない男にしていくんだ」

レオナルドは口惜しそうにつぶやきながら、オデットの頬に頬をすり寄せる。

「私もそうだ。やっとわかった。いつの間にか、お前なしでは生きられなくなっている」

もう一度二人は見つめ合った。レオナルドがオデットに慈しむような視線を向ける。

オデットの瞳から涙が零れた。

「もう二度と、あのときみたいに冷たい目で私を見ないでくれ」

レオナルドは自らの顎の下にオデットの頭を寄せ、ぎゅっと抱きしめる。

「ごめん。傷つけて、ごめん」

――私だって、レオンにひどいことを言って何度も傷つけた。

オデットは消え入るような声でつぶやく。

「お前があんなに求めていたのに『愛してる』って言わなくて、ごめん」

「いや、俺がこだわりすぎていたんだ。あんたは、それよりもっといい言葉をたくさんくれていたのに」

レオナルドが優しく髪の毛を撫でてくれる。

オデットは顔を上げて彼の瞳をのぞき込んだ。

レオナルドはオデットの背に腕を回し、彼女を、馬車の窓のほうに倒して、また深く口づけた。

オデットは彼の背に回していた手に力を込め、自らの体を支える。

レオナルドは、オデットの唇を何度も啄みながら、腰に巻かれた帯状のリボンをを外し、シュミーズドレスを肩まで捲《めく》り上げて、下着をずらす。白い胸が露わになった。シクラメンのようなピンク色の乳頭に口づけ、吸う。

すると、またオデットの口から甘い吐息が漏れる。彼女の吐息はいつも、レオナルドを狂おしいほどの官能に酔わせる。

そして、こういうときのレオナルドは壮絶な色気を放っている。いつものきりっとした明晰《めいせき》な瞳が半ば伏せられ、まつ毛に覆われ、気だるさをまとう。

オデットが久々に目にしたこの表情に酔いしれていると、いつのまにか彼の指はアンダースカートの下に咲く彼女の花芯をとらえていた。

「は……あ！」

それだけでオデットは達してしまいそうになる。でも、この男《ひと》を置いて先にいけない、そんな気がした。

「……一緒に」

初夜からずっと、お互い意地を張り合っていたので、一緒に達《い》ったことはない。

「ああ。今だけじゃなくて、ずっと一緒に」

オデットの頬を涙が伝う。レオナルドは彼女の涙を舐めとった。そうしながらも彼の指は、オデットの蜜道の敏感なところへと達していた。彼はちゃんと覚えてくれていた。

——そう、そこ。私の快楽のスイッチ。

覚えていたのはオデットだけではない。レオナルドもまた彼女の体を覚えている。

だって今まで、二人は何度もひとつになったのだから。

体だけではなく、心だってひとつになったのだから。

——どうして離れていられたんだろう？

ひとつになったのに、また離れてしまったから、二人は辛かった。辛くて辛くて仕方なかった。

オデットの周りの者たちは、レオナルドのことばかりをかわいそうだと言ったけれど、オデットもまた〝かわいそう〟だったのだ。

——本当は、こんなにもお前を求めていたのに。

オデットは怖れていたのだ。またあんなふうに冷たく抱かれるのではないかと——。

「は……あぁ」

「まだだ、まだ先にいかないでオデット」

——ああ、甘い。

こういうときのレオナルドの声はとても甘い。オデットはそれを聞くのが好きだった。

——もう二度と冷たい声を私に聞かせないでくれ。

彼は指をゆっくりと引き抜く。それがまたオデットに快感を与える。

「んっ！　あ、はぁ……あぁ……」

「待って。まだいかないで」

レオナルドにそう頼まれて、オデットは朦朧《もうろう》としながら微笑みで応える。

——お前を置いていかない。だから私を置いていかないでくれ。

オデットの蜜唇に彼の性が触れる。それだけで彼女の全身の感覚が開花していく。

開く、開く。

彼を求めて開き、彼の性を呑み込んでいく。

——ちょうだい、ちょうだい。お前の全てを。

オデットは、どくどくと、レオナルドが自分の中へと侵入してくるような感覚を覚えた。彼女の飢えた子宮は、それをあますところなく呑み込んでいく。

そして、二人は、ともに達した。

これは初めてのことだった。

レオナルドは、オデットの背に回していた腕を自らのほうに引き上げ、彼女を自分の胸にもたれかけさせる。

どれだけの間、こうしていたのだろう。時間の感覚がなくなっていた。しばらくしてオデットは顔を彼の胸板にすりすりと、こすりつける。

「今度こそ海へ連れていってくれ」

「ああ、海岸沿いを馬で走ると気持ちいいぞ」

レオナルドはオデットの髪を優しく撫でた。


それから、二人はたくさん話した。会話が足りていなかったことに気づいたのだ。

相手のことがわからなくなった、この一カ月。それが教えてくれた。まだ自分たちはお互いを全然知らなかったということを――。

まずわかったのが、二人が出逢ったことは、その後のレオナルドの運命を変えたということ。

それまで、異母兄の刺客から逃れるために漫然と旅をしていたところを、オデットに逢って考えが変わったのだという。

「オデットが自国について語っているのを聞いて、自分も昔はこんなふうにナルミアを愛していたって思い出したんだ」

そう聞いて、オデットは両手で顔を覆った。

「あのときは、トリニアが自分のものだって勘違いしていたから……恥ずかしい！」

レオナルドは懐かしむような目でオデットを見つめる。彼の瞳の中には十四歳のオデットがいた。

「いいや。そんなあんたは本当にきらきらしていて、俺は、あのとき、オデットを娶《めと》るって決めたんだ。だから俺は王にならなければならなかった」

「なぜ？」

「だって国王にならないと王女は手に入らないだろう？」

オデットは驚きのあまり、目をぱちくりとさせた。まさか、そんな理由で王になろうとする人がいるなんて、信じられない。彼女の心を温かいものが包むとともに、自らの愚かさを呪った。

「私はお前に告白しようと思って、執務室に隠れていたんだ。そこでベルジェ侯爵との会話が偶然耳に入ってきて……。国防のためにレオンが『トリニアの王女を落としてきてくれた』という言葉を鵜呑みにしてしまった」

セザール男爵夫人の言う通りだ。レオナルドの優しい眼差し、思いやり……自身の目で見たものを信じるべきだった。

「そう、そうだったんだ。侯爵はオデットが嫁いできてくれたのが嬉しすぎていつもあんな感じなんだ。それは辛い思いをさせたね。俺は若いから、重臣の前では虚勢を張っていることもあるし」

レオナルドにぎゅっと抱きしめられて、オデットはまた泣きそうになる。

「な、なんでお前はそんなに優しいんだ！　私は勝手に勘違いして、ひどいことをたくさん言ったのに……」

「いいんだ。侯爵の言葉を聞かなかったとしても、何かが引き金になって、こうなっていたと思う。だから今後そうならないように、国境まで三日間、たくさん話そう」

「う、うん」


——話そう、お前と。たくさん話したい。知りたいことはたくさんある。

お前、小さいときはどんな子だったんだ？

やんちゃだった？　大人しかった？

何をして遊ぶのが好きだった？

外国を旅していて、気に入った国は？　場所は？

初めての宮廷舞踏会はどうだった？

即位してから大変だったことは何？


オデットは、また涙が零れそうになってしまう。

——いつからこんな弱っちろい女になってしまったんだろう。

それは多分、愛を知ったから——。

自分より大事な人がいるということは、なんと恐ろしいことか。自分が死ぬ以上の恐怖がこの世に出現するということだ。

レオナルドは、胸に頭を預けるオデットの髪を撫でながら話を続けた。

「あんたと出逢ったあと、俺は漫然と旅をするのをやめた。将来、王になってボロボロの祖国を立て直すために何ができるかを考えた。まずは周辺諸国に諜報網を張るために動くことにした」

「どうやって？」

オデットが頭を上げた。レオナルドは彼女の双眸を優しく見つめる。

「その国に長く留まって情報を握る人物に近づくんだ。おかげで今も周辺諸国の情報がいち早く手に入る。そういう人物はギーズ王国にもいて、今なら、和平交渉が可能と判断したというわけだ」

「そうか。情報はときに数千の兵より貴重だというからな」

「ああ。俺は今、それをすごく実感している。情報があったから、兄王が戦場から逃げ帰ったところを狙って、王位を奪還することもできた」

「しかし、お前の兄は、よく王位を手離したな」

「兄は親族に祭り上げられて国王になっただけなんだよ。親族の私腹のために、軍が乗り気でない戦争を勝手に始めて、敗戦の色が濃くなったら逃げ出して……。そこで俺が軍部を味方に付けて戻ってきたものだから、震えあがって国外にとっとと逃亡してくれたよ」

オデットには、もうひとつ気になることが出てきた。

オデットは第一王位継承権を持っていたから、たとえレオナルドが国王になったとしても、彼女はそのまま臣下のルネと結婚して女王となっていただろう。

「私に弟が生まれなかったら、どうするつもりだったんだ？」

「あんたに共同統治を持ちかけようと思っていた」

共同統治とは王と女王が結婚して、ふたつの国をともに統治することだ。

「そうか……でも共同統治だったら、離れて暮らす日も多かっただろうから……」

オデットは彼の胸に頭をもたれかけ、瞳を閉じた。

彼女の頬に一筋の涙が伝う。

「……弟が生まれてよかった」

それは、オデットが生まれて初めて、心の底から弟の誕生を祝福できた瞬間だった。


もうすぐ中継地点となる、郊外にあるアルレット城に着く。

城に到着したときにオデットがシュミーズドレスなのはまずいということで、昼食時に、左右に広がりのあるパニエドレスに着替えさせられていた。そして馬車の揺れに弱い彼女は、いつものようにレオナルドに寄りかかって、すやすやと眠っている。

レオナルドはオデットの寝顔を見つめながら、自らの半生を振り返っていた。

† † †

――俺は今まで何度も死の恐怖を味わってきた。

塔に幽閉されたとき、バシュレ公爵の邸《やしき》で毒殺されかかったとき、旅先で刺客に襲われたとき――

と、挙げていくときりがない。

当時は、特に生きていたい理由があったわけではない。ただ、死にたくなかっただけだ。

そんなとき、俺はオデットに出逢った。十四歳の彼女は、その大きな青い瞳をきらきらとさせて、自国の四季を、田園風景を誇らしげに語ってくれた。そのまま連れ帰りたいぐらいのかわいさだった。

そのとき俺の人生に初めて目的ができた。いつか彼女を妻にしたいという目的だ。不純な動機だが、俺は国王になり、そして首尾よくオデットを手に入れた。正確に言うと、手に入れたと思っていた……だ。当たり前だが、彼女は〝手に入る〟ような物ではなく、人間だったのだ。

結婚したらこちらのものだと思っていたことに関しては、甘かったとしか言いようがない。自分が愛しているからといって、それをそのまま喜んで返してくれるかといったら大間違いだ。

もちろん、オデットでなければ、好きでもない男が夫だとしても、口先で『愛してる』ぐらいは言ってくれたことだろう。だが、オデットは嘘をつけない女だった。

そんな彼女はいつも俺の想像以上のことをしてくれた。

閨では女なんて恥じらうだけだと思っていたが、違う。気持ちよすぎると言ってくれた。熱いキスもくれた。

毎朝、いろんなポーズで心地よく寝ている姿で笑わせてくれた。

雨の日は、俺に太陽をくれた。

そして今日、本音しか言えないオデットが遂に愛の言葉をくれた。勘違いとはいえ、重臣を叱って、俺を助けようとしてくれた。

――そんな幸せに打ち震えている俺を、オデットは死ぬと決めつけている。

オデットは俺と語り合ったあとも、ずっと『行くな』『死ぬな』を繰り返していたのだ。

† † †

一行は予定通り、日が暮れる前に郊外のアルレット城に着いた。それはレオナルドの母が愛したというのも納得の、かわいらしい城だった。緑の木々の狭間から、スカーレット色の屋根が顔をのぞかせている。シェルピンクの壁面に並ぶ丸みを帯びた白い窓が愛らしい。

一晩目はここで休み、また明朝、次の中継地となる城へと馬車を走らせる予定だ。

アルレット城に着くと、侍従たちは馬車から荷物を運び出し、近衛兵たちは厩舎に馬を連れていった。

オデットとレオナルド、ハリントン伯爵とその使用人は、この城付き侍従長に城内の部屋へと案内される。

「こちらが『食事の間』です。本日は国王夫妻がいらっしゃったということで料理長が腕をふるっておりますので、夕食をお楽しみになさっていてくださいませ」

ピンクの唐草模様の壁に白い八人掛けのテーブル。これまたかわいらしい部屋で、侍従長は自信ありげに微笑んでいる。

それを見て、オデットの顔が悲しげに歪んだ。レオナルドは不思議に思って彼女の顔をのぞき込む。

「すまん。私はここでは食べない」と、オデットが申し訳なさそうに言い出した。

驚いたのはレオナルドだ。

「え、どこで？」

オデットは、ぽふっと彼の胸に顔を預けた。

「寝室に決まってるだろう？」

レオナルドは顔が熱くなるのを感じ、手で口元を覆って隠した。国王である自分が臣下の前でニヤけた姿を見せるわけにはいくまい。

ハリントン伯爵が「なんて極端な女《ひと》なんだ……」とつぶやいたが、そんなことを全く意に介さず、オデットは真剣な顔で続けた。

「我々はこれから子作りに励まねばならぬのだ。というのも王がもうすぐ死ぬかもしれないからだ」

皆、一斉にぎょっとしてレオナルドを見つめた。

「そ、そんなにギーズ王国へ行かれるのは危険なのですか」

侍従長が動揺して目を見開き、レオナルドに尋ねると、彼が答えようとするのを遮ってオデットが答えた。

「ああ。だから血統を絶やさないた……」

レオナルドは、今度は手をオデットの口に当てて話を遮る。

「王妃は極度の心配性なんだ」

手で口を塞がれ、モゴモゴ言ったままオデットはレオナルドに抱きかかえられて連れ去られた。

それをぽかーんと口を開けて見送る使用人たちに、ハリントン伯爵はちょっと意地悪な笑みを浮かべて告げた。

「美味しい料理は私たちだけでいただきましょう。二人がいちゃつくのを邪魔する度胸があれば、王の部屋に料理を持っていくがいいわ」


オデットが連れていかれたのは王の部屋だった。ベッドに、そっと仰向けにして下ろされる。彼はジュストコールを脱いで、近くの椅子に放った。

「ギーズ王国に戦争に行くんじゃなくて、和平のために行くんだって、何度言ったら信じてくれるんだ？」

そう真面目に告げながらも、レオナルドは、オデットのドレスの胸当てからピンを外していった。

「でも、何が起きるかわからないだろう!?　自分よりも大切なお前に、もし何かあったら、私も生きていけない」

オデットが起き上がり、涙を浮かべて彼の首に抱きついてくる。オデットの素直でストレートな愛情表現に痺れながら、レオナルドはオデットに頬ずりをした。少しふくよかになって気持ちよさが増している。というか、この男にとってはどちらでもいい。オデットでさえあれば――。おそらく彼女の胸が小さくても、オデットらしいと喜んでいたことだろう。

レオナルドが頬をすりすりしていると不穏な声が漏れてきた。

「まずお前が死ぬパターンはふたつある……」

彼は、すりすりしていた顔の動きを止めた。

「え？」

「ひとつはギーズ王国で、もうひとつはお前がすっかり油断している兄に殺《や》られるというパターンだ……」

　レオナルドは、やれやれと肩を竦めた。

「兄がそういう男なら、ちゃんと処刑なりなんなり対策を立てているって」

「そうやって油断して殺られた王が十五世紀の……」

　彼は自身の首に巻きついている彼女の腕を解き、指でオデットの顎を上げて、唇で口を封じた。歯列を割り、奥まで舌を侵入させる。

　途端、オデットが、うっとりと双眸を細めた。

　レオナルドは口づけしたまま、オデットを横たわらせて、再びピンを外しめる。ピンを全て外すと、鼻が触れそうな近さで見つめ合った。彼は膝立ちで彼女の脚を跨ぎ、ドレスをむいて、左右に張り出すパニエを外す。コルセットを解くと、少し大きさを増した乳房が現れた。その胸に、彼は耳を下にして頬を埋める。オデットの鼓動が聞こえてきて安らぐ。

「お前は頬ずりが好きだな」

　オデットが手のひらを彼の上腕に置いて優しく撫でてくる。

「ああ、あんたの肌触りがよすぎるんだ」

「レオンも脱いで。お前を直に感じたい」

　レオナルドは飾り襟を外してシャツとトラウザーズを放り、オデットのアンダースカートも脱がせた。

オデットは、そっと彼の胸板を撫でる。

「お前もすべすべして気持ちいいぞ」

彼はオデットの双眸を見つめて艶っぽく微笑んだあと、再び片胸に頬を埋め、目の前にある乳房にそっと手を置いた。

「ん……」

胸が大きく上下したのでオデットはもう感じているのだろう。

レオナルドは、そのピンクの尖りを指でつまんでいじった。

「ん、んんん」

「あんた、最初のころ、いつも疑問符が付いていたな」

「ん。だって不思議だろう？　お前に触られると変な気持ちになるなんて」

レオナルドは先端から指を離し、手の甲で乳房を優しく撫で始める。するとその指の節が先端に当たるたびに、オデットが身をくねらせた。

「い、今だってふ、しぎ……あ！」

オデットの鼓動が早まってくるのが伝わってくる。

「不思議じゃない」

――あんたが俺のことを愛しているからさ。

そう口に出そうとしてやめた。もう愛して欲しがりから卒業しようと思っている。

レオナルドは顔の位置を上げて、もう一度唇にキスを落とした。キスをしながら、手を下肢へと伸ばして花唇をとらえる。そこにはもう彼女の悦楽の蜜が滴《したた》っていた。今度は顔の位置を下げていく。首筋に舌を這わせ、ちゅっちゅっと音を立てながら下へ下へとキスを落としていく。下生えまでくると、レオナルドはオデットの片脚を持ち上げ、その太ももに唇を付けて吸った。

そんなことをされたら、オデットは喘ぎ、身悶えるしかない。

「ん、や……は、あ………や！」

レオナルドが舌を太ももから彼女の蜜口へと滑り込ませた。

——甘い、あんたの香りがする。

香水などではない。それは、オデットの体自体が発する香りだ。

——俺だけが知っているあんたの匂い。

ぴちゃ……ぴちゃと、わざと卑猥な音を立てる。

——そして、俺だけが知っている、あんたの味。

それが彼の悦びだ。だからレオナルドは秘所に口づける。

「や、あ、だめ」

オデットが脚を閉じようとすると逆に、思いっきり開脚させられた。あられのない恰好になっているというのに、蜜壁に舌が触れるたびに、いつもより強い快感が伝わってきて、脚がびくびくと痙攣しているのが自分でもわかった。

「ん、ああ、やあ！」

このままではオデットが先に達してしまいそうだ。

レオナルドは上体を起こす。左右に開いた太ももを掴んだまま、彼の性で一気に奥まで突いた。

彼女が顎を反らせて叫ぶ。

「レ、レオ……！」

レオナルドは腰をぶつけるたびに、その柔らかな太ももが自らの大腿に当たって跳ね返るような弾力を感じる。最初はその弾けるような肌を愉しむために、ゆっくりと出し入れをしていたが、彼女が甘い吐息を上げて、うねるように包んでくるので、そのえもいわれぬ快感に彼の性は嵩《かさ》を増し、抽挿が速くなっていく。蜜はしとどに溢れ出し、彼の先端がそれを掻き出していく。

オデットは、中でどんどん大きくなる彼の雄を蜜襞で抱きしめているうちに、頭頂からつま先までを一気に貫く快楽の奔流に襲われた。

自分の中に入り、子宮の扉をたたく訪問者。このうえなく愛おしい彼の分身たち。彼らを優しく受け容れる準備ができたということだ。彼がそこをたたくのが一気に速くなったかと思うや、白濁を放った。

レオナルドは、まだ繋がっていたくて挿れたまま、じっとオデットを見つめた。

達したときのオデットは、白い頬に赤みが差し、まるで冬の日の少女のようだ。

——きれいだ……。

レオナルドの頬に涙が伝う。

ずっと欲しかった、この女。だが、全然違った、彼が想像していたのと——。

闇で、あんなにうるさいとは思わなかった。そのくせ、大きな母性で彼を包んだ。自分が傷ついているのを隠して、怒りまくった挙句に抱きついてきた。

でも、だからこそ、レオナルドはこう思う。

人生は素敵だ、と。

ときに想像していたのとは違う方向に、もっと素晴らしい方向に裏切ってくれることがある。きっとオデットはこれからも彼を裏切っていく。想像できないような世界に連れていってくれるだろう。

そんなとき、彼は多分、幸せに打ち震えることしかできない。

レオナルドは、そんな予感がした。でも、それはあながち間違っていないと思っている。

ふと外を眺めると、いつの間にか日が暮れていた。傍らには安心したようにぐっすりと眠るオデットの寝顔。彼女は起きたとき、きっとお腹を空かせていることだろう。レオナルドは侍従に命じて、チーズとパン、そしてワインを持ってこさせた。


オデットが目覚めると、横にレオナルドが座っていて、ワインを呑んでいた。ここ一カ月、一人寝だったオデットには信じられない光景だ。隣に愛する男《ひと》がいるというのは、こんなに心安らぐものなのかと思う。彼に視線を向けて、微笑みかけた。

「起きたの？」

レオナルドはベッド脇のチェストにワイングラスを置いて微笑を返す。

光源はチェスト上の枝付燭台《ジランドール》だけで、蝋燭の炎で陰影が揺れる彼の微笑はいつもより、官能的な感じがした。

「お腹減っただろう？　食べる？」

オデットが頷くと、彼はチェスト上にあった皿からパンを取り、小さくちぎる。彼女の少し開いた紅色の唇の中に差し入れた。

オデットはもぐもぐとパンを食べながらも、噛みしめているものは〝幸せ〟だと思う。パンが好きなオデットのために、夫が用意してくれたからだ。

レオナルドはその間《かん》、じっとオデットを見つめ、その長く節ばった人差し指で彼女の唇をなぞっている。何か淫猥な雰囲気を感じ、オデットはごくりとパンを呑み込んだ。今度は、その指を食《は》む。

「そんなにお腹減ってたの？」

レオナルドは笑うが、オデットは黙って彼の指を舐めた。彼の指は細長くて滑らかで、オデットは気に入っていた。

しばらくちゅぷちゅぷと舐めていると、「喉、渇いただろう？」と訊かれる。

それでやっとオデットは喉の渇きを自覚した。それもそうだ。馬車から降りて、そのままここに来て、パンまで食べたのだから。

オデットが頷くと、レオナルドはワインを手に取った。水ではないのかと意外に思ったところで、彼はそれを彼女に与えず、自らの口に注いだ。オデットは自分の顔が火照り始めたのを感じた。予想通り、レオナルドの顔が近づいてくる。期待に任せて口を少し開けると、彼の唇に覆われた。注がれたワインで口内が潤っていく。

レオナルドはそのまま彼女の舌を吸って引っ張り、彼の口の中に入れて、舐った。

「……ん」

オデットは酒に弱いという自覚がある。今、ワインを拒まなかったのは、ひとときだけでも心配ごとを忘れて、純粋に彼だけに酔いたいと思ったからだ。

初めて酔ったときはテーブルの上だった。酔いが醒めて、そのことを思い出したときは顔から火を噴くかと思った。恥ずかしくて『娼婦ではない』と怒ってしまった。娼婦みたいなことをしたのは自分だというのに――。でも彼は謝罪し、アンティラ地区に連れていってくれた。

アンティラ地区では酔いが回りすぎて記憶が定かではないが、オデットは自分がどうも破廉恥《はれんち》なことをしてしまったらしいことには気づいていた。でも、それでよかったと思う。だってレオナルドは彼女を酔わせたいのだから。オデットを酔わせて、彼に溺れさせたいのだ。

レオナルドの顔が再び近づいてきたと思うと、また口内にワインを注がれた。

「オデット……」

彼の掠れた声を間近で耳にする。

こんな艶やかな声を聞かされたせいか、ワインのせいかはわからないが、オデットの思考は蕩け始めた。今後のことなんて何も考えられない。これからどうなるかなんて気にしていたらきりがない。

――今宵だけでも、そんなことは忘れてしまおう。

「お前だけを感じて、またひとつになりたいんだ」

「俺も」

レオナルドはオデットを抱きしめたまま、上体を起こして、向かい合わせに座らせる。彼の大腿の上で彼女の脚を開かせた。

「あ……」

オデットは花弁に、少し硬くなった雄芯が触れただけで、声を上げてしまった。こんなことで声を上げるなんて、自分が信じられない。

——そうだ。全て酔いのせいにしてしまおう。

レオナルドが乳房にかぶりついてくる。

「は……あ！」

オデットは思わず背を反らせる。だが、背に回されている彼の逞《たくま》しい腕が背もたれとなって、後ろに倒れることはなかった。

彼が、もう一方の乳房を手のひらで撫で上げながら、指と指の間に乳首を挟んでくる。気持ちいいのは触られているところばかりではない。オデットは早くも下肢までむずむずしてきて、自ずと顎を上げげた。口を衝《つ》くのは喘ぎ声とも啼《な》き声ともつかない、こんな音だ。

「は……ふ……はぁ……ふぅ……ん……」

このまま自分が溶けてなくなってしまうのではないかと、オデットが恍惚としているところに意外な言葉が飛び込んでくる。

「ねえ、俺のを自分で挿れてみてよ」

オデットは困惑しながらも、視線を下げる。彼女は彼の大腿を跨いでいて、そこには雄々しく勃《た》ち上がった彼の性があった。ごくりと唾を呑み込む。

「え……あ、ど、どや……て？」

「あんたの手で」

オデットがとまどっていると、レオナルドが後ろに倒れる。オデットは仰向けのレオナルドの上に座っている体勢になった。彼が背後で両肘を突いて胸から上を少しだけ起こした。オデットの次なる手を待っているのだ。

オデットは眼下にある大きくなった彼の性をそっと両手で包み込んだ。

「あ、オデ……」

レオナルドが一瞬片目を瞑った。その反応が嬉しくて、しばらくそれをさする。

「あ、ちょ……」

彼の体全体が少しびくついた気がして、思わず破顔した。するとレオナルドが片方の眉を上げた。

「遊んでないで？」

「う、うん……」

――こんな大きなもの、下から……なんて、できる……？

オデットは少し腰を浮かせて、それを挿れようとするが手が滑って上手くいかない。彼が手を伸ばして固定し、下から腰を圧しつけて、ぐっと押し込むと、彼女の隘路はそれを受け容れていった。

「ああ！」

自分の腹の中に彼の性を取り込んだような感覚に、オデットは小さく震える。

「オデット、馬を走らせているような感覚を思い出して」

「え……いま？　は……あ」

ワインのせいか、挿れただけなのに、オデットは意識が飛んでいきそうになっていた。

「そう。今」と、レオナルドが腰を突き上げてくるものだから、もうたまらない。

オデットは「え？　やあ」と両膝をきゅっと締めて身悶えた。何度か突き上げられていくうちに、リズムが掴めてくる。馬と同じと思えばわかりやすい。オデットが馬のリズムに合わせると、馬はいつもオデットのリズムに合わせてくれる。

オデットは体を前後に揺らし始めた。レオナルドと一体になったような気がしたが、それは長くはもたなかった。その突き上げるような快感が強すぎて脚ががくがくと痙攣して動けなくなってしまったのだ。

それなのに、レオナルドは彼女の中を掻き回すように彼の腰を動かしてくる。それに合わせてじゅぶじゅぶと卑猥な音が聞こえてきた。そうしながらもレオナルドが張り出している乳房の先端を指でつまんで引っ張ってくる。

もうだめだ。オデットは喘ぎ声を止められなくなる。全身から力が抜けていっているというのに、蜜壁だけは彼の性をぎゅうぎゅうと締めつけていた。

「は……あぁ」

オデットが前に倒れそうになったところで、脇下を彼に支えられた。

「いくよ」

レオナルドがとどめを刺すかのように、オデットの奥を抉り、奥の奥に白濁を放つ。オデットは「あぁ」とひときわ高い声を上げたあと、そのまま彼の胸の上に倒れ込んだ。

彼は挿れたまま、はぁはぁと上気する彼女をしばらく抱きしめていた。


しばらくして、レオナルドが彼の性を外そうと彼女を持ち上げようとしたところ、オデットが瞳を開け「や……離れたくない」とねだるような視線を向けてくる。そんな目で見つめられて、彼女の媚壁に包まれたままの彼の雄はまた熱くなり嵩を増す。

それを受けてオデットが「は……あ」と、掠れた声を上げた。とてつもなく官能的だった。彼女が仰向けのレオナルドにしなだれかかったままなので、レオナルドは腰に力を入れて、ぐぐっと再び彼女の奥を突く。

次第にオデットは昂《たかぶ》り始め、彼の胸元に頬をすりつけて涙に濡れた瞳で彼の顔を見つめる。オデットのそんな表情を目の当たりにして彼の性は再び彼女の中で精を溢れさせるのだった。

二人は挿れたまま肩で息をしていた。まるで心も体も離れていた一カ月間を取り戻すかのようだった。


半刻も経ったころだろうか、オデットが再び彼の胸に顔をこすりつけてきた。レオナルドは、こんなしぐさもまた懐かしく感じる。

「レオン……お前が好きだ……」

「俺も大好き。愛してる」

「私も……愛してる、愛してる……！」

オデットはその慣れぬ言葉を確かめるように二度繰り返した。彼女の夏の空のような青い瞳から滴が落ちる。それは決して喜びではない。彼女の瞳の奥には悲壮感さえ漂っている。酔いが醒めたのか、酔いで不安が強く出たのか。

「レオンと繋がれば繋がるほど不安になるんだ……」

それは、おそらく、これが最期になるのではないかという不安だろう。

レオナルドは手を伸ばし、彼女の髪の毛を掻き上げた。

「オデット、俺はあんたを悦ばせたいんだ。だから悲しまないで、俺を感じて」

二人は、お互いの口腔に舌を入れ合った。一旦、離して鼻をくっつけて見つめ合う。

「もう、離れたくない」

「ああ、絶対に離さない」

レオナルドは繋がったまま体を転がし、オデットを仰向けにする。彼は背を屈めて乳房の頂を口で吸いながら、また抽挿を開始させた。

まずは浅く速い律動で。

「あ……は……あ……ん……あ」

オデットがその速度に合わせて甘い声を漏らし始めた。こういうときの彼女の声はいつもより一オクターブ高く、愛らしい。

オデットが顔の横に投げ出している手に、レオナルドは手を重ねて指を絡める。そうすると彼女が感じるたびに指に力が入る。それもまたレオナルドには至上の悦びとなる。

「なぁ、もっと俺を感じて」

彼はぐぐっと腰を押しつけて今度は深く、そしてゆっくりと出し挿れをする。

「も……む、り……あ……は」

オデットの快感が高まってくるのを認めると、レオナルドは浅いところに引いて戻し、動きを止めて焦らす。

「え……ど、して？　……はあ」

彼女は困惑したように眉を下げる。その頬は薔薇色に染まっていた。

「あんたが何度も昇るところを見たいんだ」

「や……、ちょ、だい」

レオナルドはまたぐっと深く押し込む。

「ああ！」とオデットが快感で小さく叫んだ。

レオナルドは背を丸めて、その開いた唇の中へ舌を沈めていく。すると、彼の性が少し退く。

「ん……ふう」

唇が離れるとレオナルドは背を伸ばして奥まで突く。すると小柄な彼女は頭の先まで、すっぽりと彼の体に包まれることになる。自分の腕の中で喘ぐオデット。レオナルドはオデットの全身を自身の中に取り込んだような気さえした。思いっきり腰を動かし、彼女を攻め続ける。

「あ……はあ……や……あ」

オデットの声が止まらなくなるが、再び絶頂まで昂ると、急に静かになった。

そのまま二人は眠りに落ちた。


夜更け、オデットはもぞもぞと起き出した。ワインを呑むと余計に喉が渇くのだ。

チェストの上に陶器の水差しがあったので、グラスに入れて口に含んでいると、後ろからレオナルドに抱きしめられる。

「レオン、お前も水、飲むか」

「うん。口移しで飲ませて」

「え？　できるかな」

オデットは水を口に含ませ、リスのように頬をふくらませて体を彼のほうに向けた。

レオナルドがそれを見てプッと笑った。

「そんなにいっぱい入れたら零れちゃうだろう？」

オデットは、ごくりと飲み込む。

「難しいな……」

もう一回グラスを傾け、今度は少しだけ水を口に入れる。

「顔、上げて」

オデットが上向くと、レオナルドは唇で覆ったあと、彼女の体を自身にもたれかけさせる。すると彼の口に水が移った。レオナルドはそれを飲み込むと、そのまま深い口づけへと持ち込んだ。

「……ふ……」

オデットは恍惚として、座したまま彼の背に手を回し、ぎゅっと体を押し付ける。彼女の豊満な胸は柔らかく心地よい。彼の性は再び反応してしまう。

レオナルドは、そのたわわな乳房の付け根を、彼の大きな手で掴むことで、胸を風船のようにふくらませる。そして、その先端を甘噛みした。

「は……うん」

彼女の腰が跳ねた。乳房が張ったところに刺激を与えられて、いつもより快楽が強くなっていた。

レオナルドがしばらくその先端を舐めたり齧《かじ》ったりしていると、オデットがひっきりなしに啼くので、彼は膝を彼女の両脚の間に割り入れ、彼女の秘裂に彼の性を押し込んでいく。

「あ……は……んん、あ！」

オデットはあっけなく先に果ててしまった。

明け方、レオナルドが水を口にしていたところ、今度はオデットに後ろから抱きしめられる。

「私もお前を悦ばせてみたい」

レオナルドは顔だけオデットに向ける。

「もう悦ばせてくれているよ？」

「どうしたら気持ちよくなるのか教えてくれ」

オデットはレオナルドの背に額をすりつける。

「あんたが気持ちよさそうにしているのを見るのが気持ちいいんだ」

「そうじゃない」

オデットは彼の背後から両手を回し、彼の性を撫で上げた。

「お前の真似だ」

その小さく温かい手を感じた彼の雄芯はまた頭をもたげ始める。しかも背には彼女の胸が密着している。

「……く」

「あ、声出した！」

オデットの嬉しそうな声が聞こえてきて、レオナルドは体ごとオデットのほうへ向けた。彼女を側臥《そくが》にさせて、彼もまた横向きに寝転がる。オデットの背に胸を密着させる。彼の体は大きいので、後ろから彼女を包み込むような体勢になった。前腕で彼女の両胸を覆い、そのふたつの先端を同時にこする。

「あ……や……そ、じゃなくて……わた……しが……」

彼女の両脚の間に、レオナルドは大腿を差し込んで前後に動かす。そこはもうぬるぬるとしていてスムーズに動かせた。

「あ……ああ！」

オデットは脚をもぞもぞとさせ始める。それが彼に快感を与えているのだが、わかっていない。

「もう、もらってるんだ」

「な……にを？」

「あんたはいつも無意識にくれているんだ」

レオナルドは双丘の割れ目に自らの性を差し込み、後ろから楔を穿った。

「あ、はあ！」

オデットが仰け反り、脚を痙攣させる。レオナルドが出し挿れをすると、二人の蜜が混じり合う水音の中に、彼女の甘い啼き声が響き渡った。

やがて二人は、溶け合った。


レオナルドが空腹で目を覚ますと、オデットが上から覆いかぶさっていた。部屋が明るくなっている。もう朝だ。

「おはよう」

彼が頭を撫でると「お腹すいた……」という消え入るような声が聞こえてくる。


『食事の間』に着くと、朝陽を浴びて金髪をキラキラと輝かせたハリントン伯爵が先に朝食をとっていた。

食卓には色とりどりの花が飾られており、パンやフルーツが盛られている。伯爵の前にだけ、スープや肉料理もサーブされていた。

二人が寄り添って現れたのを認めると、伯爵は少しいやらしい微笑を浮かべて挨拶をする。

「おはようございま～す」

「おはよう……」

レオナルドは照れて俯いてしまう。が、オデットは全く気にせず「お腹ぺこぺこ～」と、伯爵の横に座った。

オデットが早速パンに手を伸ばすと、伯爵が彼女の腕を掴んで制止してくる。

「パンは太ります」と、オレンジを指差した。

パンが大好物なオデットが諦めるはずがない。

「外交官、国王陛下は少し太った私も素敵だと言っているぞ」

向かいに座っていたレオナルドが紅茶を噴きそうになっている。

「なら、どうぞ」

伯爵は制止する手を離した。

オデットは得意げに微笑んで、伯爵に告げる。

「聞いて驚くな。昨日七回したぞ」

レオナルドがゴホゴホとむせている。

伯爵は冷静に応じた。

「セザール男爵夫妻を越えたわけですね」

「ああ、しかも、馬《ば》……」

オデットが、その七回の中に馬車でやった一回も含まれていることを告げようとしたところに、レオナルドが言葉を重ねる。

「オデット、閨でのことは夫婦の秘密ですよ」

以前、セザール男爵夫人がオデットに言ったセリフをレオナルドが真似《まね》た。

オデットはつまらなさそうに「は〜い」と答えたあと、パンを口に入れた。


朝食が済むと一行は、次の中継地点であるアンセルム城に向かう。

途中でオデットが眠ってしまうまで、馬車の中で二人はずっと話をしていた。

レオナルドは主に、ギーズ王国が思うほど危険な国ではないことについて話すのに時間を費やした。臣下には秘密だが、彼は王子だったとき、一カ月ほど住んでいたこともあったのだ。

話を聞いていくうちに、オデットもわかってくれたようだった。


アンセルム城に着くと、伯爵は「オデットがまた物騒なことを言い出すから」と、城付きの使用人たちと話をさせずに、二人を王の部屋に追いやろうとした。

伯爵なりの気遣いなのだろう。

「いつもありがとう」

そんな伯爵に、レオナルドは初めて感謝の意を伝えることができた。

伯爵は、その黄金《きん》色の長いまつ毛で縁取られた空色の瞳をぱちくりとさせて、艶っぽい笑みを浮かべ、人差し指を自身の薔薇色の唇に当てた。

「本当にそう思っているなら、体で返していただきましょうかね」

横にいたオデットがレオナルドの腕をぎゅっと抱きしめて、伯爵に警戒するような視線を向けた。

「悪いが、レオンだけはやれん」

伯爵は楽しげに肩を竦めた。

レオナルドは伯爵とのことを思い返す。

彼は最初、嫉妬心から伯爵を排除しようとしていたのだった。だが実のところ、伯爵はいつも二人の仲を取り持とうとしてくれた。もちろん、外交官として当然のことといえばそうだが、伯爵はときに友人として、ときに恋愛の先輩として、二人を導いてくれたように思う。

「君が外交官でいてくれてよかった」

レオナルドが真顔で伯爵に告げると、伯爵は面映ゆそうに笑った。


レオナルドは王の部屋に入って扉を閉めるなり、オデットを壁に押し付けて口づけた。いきなり舌が入り込む、前戯のキスだった。

「レ、レオン？」

とまどうオデットを前に、レオナルドは何度も深いキスを繰り返した。

明日から五日間、オデットに会えないのかと思うと、オデットではないがレオナルドも行きたくなくなる。だが、愛する妻と、今後できるかもしれない子どものためにも、和平は何事にも代えがたい。

レオナルドは熱い口づけをしながら、正面のピンを外して胸元へ手を差し入れた。コルセットをずらして、その豊かな胸を引き出す。背を屈め、そのたわわな乳房の先端を咥え、口の中で舐りながら、ドレスの裾をたくし上げ、中に手を侵入させた。そこはすでにびしょ濡れだ。レオナルドは邪魔なパニエを外して放り、蜜道に指を侵入させて、すぐに彼女の〝いいところ〟へ到達させた。

「は……うん」

オデットは快感で体を震わせて、両手を彼の背に伸ばす。

胸の先端と蜜壁の敏感なところ、二カ所を攻められていくうちにだんだん、オデットから力が抜けていった。

レオナルドはそれに気づき、指をいったん抜いて片方の大腿を彼女の脚の付け根に差し入れて全身を支える。それがまたオデットの秘所を刺激し、彼女はレオナルドにしなだれかかった。

彼は、肩にオデットを抱え上げて寝室へと移る。そっとベッドに下ろし、太ももの間に頭を入れ、何度も蜜口の近くに口づけを落とした。そのたびに「ひゃん」という小さくてかわいらしい驚きの声が上がる。

オデットの太ももは、びくびくと震えていた。

「まだ何もしてないよ」と、レオナルドは口角を上げる。

「し……して……る」

音が立つように、じゅるっと花弁を吸われて、オデットが「は……う！」と背を弓なりにした。

自ずと豊満な乳房が突き出されて、煽情的な光景となる。

「まだ、だ」

彼は、花弁の手前に唇を移して、そのこりこりとした蜜芽を舌で刺激していく。

「あ……ん……は……や」

オデットはもう前後不覚だ。

だがレオナルドは容赦しない。またしばらく会えなくなるのだ。今度は指で蜜芽をこすりながら、絶え間なく蜜を垂らし続ける蜜源へと舌を差し挿れる。

「……や、だ……め」

オデットの声がまるで耳に入っていないかのように、彼女の秘所の前後をいたぶり続けるので膣が痙攣してくる。彼女が達しそうであるのを感じとり、レオナルドは上体を起こした。

「オデット、待って、一緒に」

レオナルドは、もう前のように彼女が達《い》くのを待って吐精する必要がない。

「き……て」

オデットに優しい声で囁かれ、彼は全身をゾクゾクとさせた。レオナルドは彼女の両脚をぐっと持ち上げて体を重ねる。彼の熱く滾ったそれで一気に奥まで突き上げた。

「レ、レオ……！」

オデットは両手両脚で彼の背をぎゅっと抱きしめる。二人はもう快楽の塊だ。

「は……あ……」

オデットが、ひとしきり彼の性を締め付けてくる。レオナルドは心まで抱きしめられているような感覚に陥りながらも抽挿を続けた。オデットは顎を上げ、口を開けて嬌声を漏らしながら、ぎゅぎゅっと背に回した指に力を込める。そのたびに彼女の中がうねるので、彼は意識が飛びそうになる。それはオデットも同じで、やがて二人はひとつになった。


予定通り、翌日の午後には国境の町の有力者、ヴォードレールの邸宅に着いた。十エーカーもあろうかという敷地に、がっしりした石造りの大邸宅が建っていた。

そこに着いたころには二人は、お互いの小さいころのこと、親のこと、友だちのこと、いろんなことを語り終えていた。

ここで五日間、オデットは近衛兵たちと、レオナルドの帰還を待たなければならない。

ギーズ王国の近衛兵たち三十騎はすでにナルミア国王を迎えに来ていた。肩に金モールを着けているので、高位の兵たちのようだ。最新式の銃剣付きマスケット銃を腰に下げて騎馬している。

それがオデットを急に不安にさせた。

邸宅のエントランス前で、涙が止まらなくなっていた。

その前に、紺の生地に黄金の刺繍が施されたジュストコールで盛装したレオナルドと、大きな羽飾りの付いた華美な帽子に、花柄の細かな刺繍が施されたクリーム色のジュストコールを羽織ったハリントン伯爵がいた。伯爵はお色気担当ということで、レオナルドに華美に装うように命じられていたのだった。実際、こういう派手な服装が映える美丈夫だ。

オデットは目に涙を溜めて恨みがましい目つきで、レオナルドを見上げている。

「お、お前は……安全だ……と言っていた……ヒクッ……が、やはり、あの兵を見……ると鵜呑《うの》みになんか……ヒクッ……できない……」

レオナルドは困ったように口角を上げた。

「おとなしく待ってるんだよ？」

「わ、わかった……。おま、お前の決心がそこまで固いなら……ヒクッ……仕方ない」

オデットは自身の腹に視線を落とした。

「この子を……お、お前だと思って……育てる」

一瞬、レオナルドと伯爵が固まる。

「え？　いつの間に？」と、二人が同時に言葉を発した。

「これは勘だ」

そう堂々と応えるオデットに、伯爵が半眼になり、レオナルドがはーっと大きく息を吐いた。最近も月のものがあったと報告を受けているし、しばらく没交渉だったので、妊娠するようなことをしたのは二日前からだ。そんなに早くわかるわけがない。

二人が黄金の装飾が施された王族用の馬車に乗り込むと、その周りをギーズ王国の近衛兵が囲んだ。

——これでは、まるで囚われているようではないか！

オデットの心が不安で叫び出す。

二人を乗せた豪奢な馬車が動き出し、その後ろに荷物と侍従用の馬車が二台続く。オデットはいつまでも泣きながら、その一団が小さくなっていく様を見つめていた。

ヴォードレール一家は王妃が自邸に泊まることを光栄に思い、とても良くしてくれた。だがオデットは憂鬱だった。歴史書にあった悪い事例ばかりが頭をよぎる。部屋に閉じこもって、日がな一日、窓から外を望遠鏡で眺めていた。

五日後、土埃を上げながら、近衛兵に囲まれた馬車が近づいてくるのが見えてくる。予定通りだ。オデットは、ドクドクと鼓動が早鐘を打つのを感じながら、階段を下りていった。

その鼓動は喜びによるものではなかった。無事にちゃんと馬車に乗っているのかどうか、確かめないと安心できない不安からくるものだった。

馬車からレオナルドが降りてくるなり、オデットは彼の首に抱きついた。レオナルドは笑顔を浮かべて、オデットを抱き止めてくれた。片腕で彼女を抱き上げて、ちゅっと軽くキスをする。

「あんた、痩《や》せたな」

「お前のせいだ！」

泣きながら怒るオデットに、レオナルドはクスッと笑い、頬ずりした。

「交渉はうまくいったよ」

「そんなことは、どうでもいい、どうでもいいんだ！」

オデットはレオナルドにしがみつき、泣きながらこう思った。

――ああ、いやだ。

愛は人を強くするなんて嘘だ。

自分が一番大事じゃなくなるなんて、こんなに恐ろしいことがあるだろうか。

エピローグ

レオナルドの帰還を歓迎して、ヴォードレール邸では宴会が催されていた。この地方独自のダンスを披露する余興などもあり、客間で二人きりになれたときには日が暮れていた。

その客間は宮廷のように華美ではないが、カーテンや椅子、ベッドのリネンなどは、セルリアンブルーで統一されており、清潔感のある広い部屋だった。あちこちに飾られた花々が気遣いを感じさせる。

その中央の大きな木製ベッドの縁に並んで足を垂らし、二人は夜着姿で見つめ合っていた。

「顔、見せて。オデット、この五日間がどれだけ長く感じられたか、わかる？」

オデットの頬に手を当ててレオナルドは顔を近づけた。

「それは私のセリフだ」

オデットが彼の背に手を回す。

レオナルドは彼女の顔を上向かせて口づけた。胸元のリボンを解こうとしたとき、その手首をオデットに掴まれた。

「どうした？」

「どうしたもこうしたも、私は懐妊していると言っただろう？」

「え？」

オデットがいたずらっ子を諭《さと》すようにレオナルドの背をトントンとした。なのでレオナルドは一瞬、自分が何かおかしなことをしたような錯覚に陥るが、首を振る。

「……周期的には、まだわからないはずだが？」

「ああ。これは私の勘だとも言った。もう忘れたのか」

オデットがおかしそうに笑った。

「いや、忘れてはいない……が」

が、レオナルドは帰国後も、オデットがこのネタを引っ張るとは思ってもいなかった。

「もし、万が一、月のものが来たら、そのあ……ふぁ」

オデットは口に手を当て、あくびをしている。

次の月のものが終わるまで二週間以上、禁欲を強いられることに、レオナルドが気づいた瞬間だった。

「レオンがいない間、一睡もできなかったんだ」

オデットがレオンの胸にそっと手を置き、潤んだ瞳を向けてくる。その白目部分が少し血走っているので、本当に寝られなかったのだろう。

レオナルドは彼女を抱き上げて、そっとベッドの中央に横にしてやる。いつもならここで襲いかかるところだ、というか、ついさっきまで襲いかかる気満々だった。だが、夫の身を案じて眠れなかった妻のために、ここはぐっと我慢だ。

オデットは、おやすみの挨拶も言わずに、そのまま眠りに就いた。口元がゆるんでいて、幸せそうな寝顔だ。大きな青い瞳はとても美しく魅力的だが、こうして長いまつ毛を垂らして眠っている姿のなんと愛らしいことか。

「ん……レオ……ン」

しかも寝言で名前を呼ばれ、レオナルドは、隣に彼女がいる幸せを噛みしめる。オデットの額にそっとキスを落とし、彼もまた重い瞼《まぶた》を閉じた。

王宮に着くまでの間、深い口づけこそ何度も交わしたが、馬車ではオデットは爆睡しており、夜、中継地点の城では、レオナルドが手を出そうとするたびに、オデットに「お前の大事な子に何かあったらどうする」と、たしなめられ、それ以上進むことは叶わなかった。

そして王宮に戻り、今、『王夫妻の寝室』で、レオナルドの傍らには気持ちよさそうに眠っているオデットがいた。つい先日まで一人寝で孤独を深めていたことを考えると、これはこれで幸せだ。

だが、今日のように、彼がいつもより早めに寝室に入ったときですら、彼女はすでに眠りに就いており、これは彼と〝したくない〟という意志の表れなのではないかとまで勘ぐってしまうレオナルドだ。

目を閉じれば、思い出されるのは、あの七回した日のこと。

——あの盛り上がりは一体なんだったというんだ……。

そのとき、ぎゅむっという感触とともに視界が遮られた。

——また来たよ……。

オデットは、起きている間は妊娠を盾に拒否するくせに、眠っているときは大胆だ。

今、レオナルドは彼女に頭を掻き抱かれて、顔にオデットの胸をぎゅむぎゅむと押しつけられていた。相変わらず、すごい寝相だ。だが、こんな体勢で手出しできないとは、拷問に近い。

レオナルドが帰還して初めての宮廷舞踏会は、国王自ら命を賭《と》してギーズ王国との和平を結んできてくれたということで、祝賀の意味合いが強かった。彼は、即位して初めて、軍服ではなく、ジュストコールで舞踏会に臨むことにする。これは、この国に真に平和が訪れたことを印象付けるという、レオナルドの戦略だった。

彼が舞踏会用の衣裳に着替えていると、オデットの侍女が言付けに来た。王妃が今宵の舞踏会に出ないと言うのだ。

レオナルドは着替え終わるとすぐに、『王妃の居室』に顔を出した。

オデットは今日もシュミーズドレスで登場した。心なしかリボンがいつもより高い位置で巻かれている。

レオナルドが、いつまで懐妊ごっこをするつもりだと、内心忸怩《じくじ》たる思いを抱えているというのに、オデットは満面の笑みで抱きついてきた。

「な、なんだ？」

怪訝そうにするレオナルドを見上げて、オデットは瞳をきらめかせる。

「レオン、やっぱり軍服より、こういうほうが、お前らしくて素敵だぞ！」

「そ、そうか」

レオナルドの不快な気持ちは一気に飛んでいき、手を頭に置いて照れる始末だ。

「この肩帯《サッシュ》もかっこいいぞ」

彼がたすき掛けしている帯をオデットがさすっている。

「そうか。なら、オデットも舞踏会に来いよ。記念すべき日だろう？」

オデットの顔が急に曇った。

「行きたいのはやまやまなのだが、コルセットで押さえつけたら、赤ちゃんがかわいそうだろう？」

レオナルドは半眼となった。


「記念すべき日に私を選んでくださって嬉しいわ」

レオナルドは気づいたら、宮廷舞踏会でイヴォンヌと踊っていた。彼は、今日、軍服でもよかったような気さえしてくる。レオナルドの計画では、以前、軍服に不満を漏らしていたオデットは、今ごろ、彼の腕の中で嬉々として踊っているはずだったのだ。そもそも仲直りして以来、初めての舞踏会になるはずだった。

「私なら、いくら体調が悪かったとしても、こんな記念すべき舞踏会でレオン様と踊れるなら、這ってでも来るのに……おかわいそうですわ」

最後の言葉が彼の胸を抉る。『かわいそう』という言葉は、自分ではそう感じていなくても、言われてみると惨めな気持ちになってくる単語である。

——いや、俺は愛してもらいたがりを卒業したのだ。俺はオデットを好きだ、それだけでいいではないか。


舞踏会は夜更けまで続いて、レオナルドが寝室に入るのは、いつもより遅い時間になった。それなのにオデットが珍しく起きていた。彼がベッドに乗り上げると、「どうだった？」と、笑顔を近づけてくる。だが、次の瞬間には、すぐに苦虫を噛み潰したような顔に変わった。

「この薔薇の匂いは……伯爵のものではないな？」

「妻がいないんだから、ほかの女と踊るしかないだろう？」

目の前にオデットの顔があるので、レオナルドは首を伸ばしたが、オデットの手に阻《はば》まれてキスができなかった。

「なんだ、この手は」

オデットは妊娠していると思い込んだあとも、キスを拒むことはなかった。

「薔薇の匂いが気持ち悪いから、無理だ」

オデットが背を向けて寝転ぶ。

——自分で舞踏会を拒否しておいて、口づけもなしか！

レオナルドも腹が立ったので背を向けて寝た。

もういっそ、イヴォンヌと浮気してしまおうか、とさえ思う。

翌日、レオナルドは早い時間に寝室に入った。昨晩、険悪になってしまったので、どうにかしようと思ってのことだ。だが、オデットは開いた本を胸に置いたまま、ぐっすりと眠っていた。

——最近、なんでこんなに寝てばかりいるんだ？

レオナルドが不可解に思いながら、その本を手に取る。開いていたページは聖書の『神の赦《ゆる》し』について書いてある章だった。

——懺悔《ざんげ》？

レオナルドは、そのページが開いてあったのは偶然だと思いたかった。だが、これが偶然ではなく、オデットがこの章を読みながら、懺悔をしているのだとしたら、全て説明がつく——。そう思い直した。

——浮気だ。

それなら、セックスしたがらないのも納得だ。

——ヴォードレール邸で俺を待つ間に、慰めてくれた誰かと？

頬に、オデットの尻を圧しつけられながら、レオナルドがまんじりともせずに迎えた朝、彼は朝食もとらずにセザール男爵夫人を執務室に呼び出した。

「オデットは、なぜか自身が妊娠中だと思い込んでいるようだが、夫人はどう思う？」

執務机を挟んで立っている夫人が含み笑いをしている。

「オデット様からお伺いしましたわよ。七回されたとか。私ども夫婦の記録を塗り替えるとは、さすがは陛下」

感心したように頷かれ、レオナルドは浮気について相談する気を削《そ》がれた。

「え、あ、まあ」

「オデット様が妊娠と思い込むのも無理のないお話ですわ。それだけいたせば、いつ懐妊してもおかしくありませんもの」

とはいえ、何も手を打たないままにして、ほかの男との子を妊娠させるわけにいかない。レオナルドは鎌をかけてみることにする。

「それもそうだが、何か変だと思わないか。自分が妊娠していると本当に思っているなら、もっと喜んだり、準備したりするものではないか」

夫人が、はたと何かに気づいたような表情になった。

「確かに……。そういえば、最近、よく大聖堂に行かれて、長々とお祈りをされているのです。初めての妊娠だから、ご不安がおありなのでしょうか……。さすがは陛下。よくお気づきになられましたわね。ご不安を解消して差し上げるようにします」

レオナルドが睨んだ通りだ。オデットは大聖堂で懺悔をしているのだ。彼女のことだから、まだプラトニック……なはずだ。でないと困る。神の教えに忠実なオデットのことだ。心の中でだけの浮気だとしても罪の意識は余程であろう。

夫人が下がると、レオナルドはすぐに『王妃の居室』に顔を出し、使用人たちに告げる。

「二人っきりにしてくれ」

レオナルドの剣幕に恐れをなして、侍女たちは慌てて『侍女の間』に退散した。

「レオン、朝食をとれないぐらい忙しいんじゃないのか？　どうした？」

シュミーズドレス姿のオデットがあくびをしながら寝室から顔を出した。

「どうしたも、こうしたも……」

レオナルドはつかつかと奥の寝室に向かう。

王自ら扉を開けて、寝室のベッドの周りを回った。

——さすがに、ここには連れ込めないか。

「なんだ、お前も眠くなったのか」

オデットが屈託なく笑いながら近づいてくる。そんな彼女をかわいいと思ってしまう自分をレオナルドは口惜しく感じた。

——だが、俺は同じ轍《てつ》は踏まない。

いくら拒否されても、以前してしまったように、荒々しく抱いてオデットを傷つけることだけは避けるつもりだ。

「オデット」

レオナルドは彼女の細い腰に手を回して、ぐいっと体を引き寄せた。

それだけで、彼女の瞳は、これから起こるであることへの期待で潤み、口を半開きにさせている。

だからレオナルドは背を屈めて、そのさくらんぼのように赤く小さな唇へと、彼の舌を圧し込んでいく。彼女の唇が彼の舌の大きさに合わせて開いていった。そしてその小さな舌で彼の舌を受け止めてくれる。

唇を離しても、彼の舌と離れたくないようで、そのまま舌を出してきたので、今度は、レオナルドは、その唇を咥え、じゅるっと吸ってやった。

オデットの体から力が抜けた。だから、レオナルドは彼女の腰に腕を回して、自らに寄りかからせる。彼の胸に頬を預けるオデットは恍惚としていた。

——どう考えても、俺に惚れているとしか思えないんだよな……。

レオナルドは、セザール男爵夫人にしたように鎌をかけてみることにした。

「妊娠してるなら、もっと、こう、幸せいっぱいみたいな感じになるものなんじゃないのか」

オデットの顔がぼっと火を噴くように赤くなった。

——なんなんだ、この反応は。好きな男を思い出してるんじゃないだろうな……！

彼女が照れたように俯いている。

「レオンだって嬉しそうに見えない」

「俺はもう少し経たないと、本当に妊娠しているかどうかわからないと、慎重に考えているだけだ」

「してない、かもしれないと？」

ちらっとレオナルドを見て頬を染める。

——なんなんだ、この反応は……。

そのとき彼は思い出した。オデットと国境の街で別れるまでの間、馬車の中で、とことん話し合ったときのことを——。

「俺たち、あんなにいろんなことを話し合ったじゃないか。秘密のない夫婦になったはずだよ？」

そう言ったあと、レオナルドは少し後悔した。それでもし赤裸々に道ならぬ恋のことを語られたら、悲劇を通り越して喜劇だ、と。

だが、オデットは天啓でも受けたかのように目を見開いてレオナルドを凝視していた。

「そうだ、確かに……」

オデットの顔がますます赤くなっていった。

――相手が誰であろうが、俺はあんたを絶対に手離さないからな……。

レオナルドが昏い目をして、そう決意したところで、オデットが語り始める。

「実は、ここのところずっと心の中で懺悔しているのだ」

――遂に浮気の告白……！

くらっと眩暈《めまい》がしてくる。秘密のない夫婦というのは、お互いの不倫を素直に話す夫婦のことではなかったはずだ。いつもレオナルドの予想をいい意味で裏切って来たオデットが遂に、その言葉の持つ本来の意味通り、悪いほうに裏切るときが来たということだ。

「……正直に全てを告白してごらん？」

怒らないから――そんな言葉を呑み込んだ。怒るどころか人生に絶望する自信がある。

「だ、だって……」

オデットはぎゅっと目を瞑り、手を拳にした。

「だって……妊娠しているのに……」

「しているのに？」

——一体、誰を好きになったというんだ？

「お前に抱いて欲しくて欲しくてたまらないなんて、頭がおかしいだろう！」

その意味がレオナルドの脳に到達するまで異様に時間がかかっている間に、オデットが次の言葉を継ぐ。

「……軽蔑したか。母になろうとしているのに、私は自分がこんな享楽的な人間だと思わなかった。最低だ」

レオナルドの脳がオデットの話の内容をようやく理解し、彼は目を見開いた。

——またまたすごい愛の言葉をもらってしまった。

「神は生殖を目的としない行為をお許しにならないだろう。なのに私は……！」

オデットは自分で自分の体を抱きしめて震えていた。

レオナルドが真顔になる。

「いいよ、俺が許す」

「はあ？　お前、神様きどりか？」

オデットが上目遣いで、じろっとレオナルドを睨んできた。

軍人王、レオナルドは一瞬で戦略を組み立てた。ここで、相手国《オデット》が信じているものを覆《くつがえ》そうとしても無駄に戦力を失うだけだ。彼女が前提としていることを認めたうえで、その領土へと侵入すればいいだけのこと——。

「じゃあ、あんたの子どもを舐めさせてくれ」

「は？」

オデットが、その大きな青い瞳をまん丸とさせている。

「生まれる前から、俺が舌でなでなでしてかわいがってやるよ？　猫の母親がそうして仔猫をかわいがっているのを見たことがないのか？」

レオナルドはそう言いながらも、ジュストコールを放ってシャツ一枚になった。

「な、何？　そんなことができるのか？」

「ああ、任せろ」

レオナルドは、オデットに口づけをしながら、彼女の背後に手を回し、ウエストのリボンを解く。リボンがはらりと下に落ちると、そのスカートの裾の中に手を差し入れ、少しずつ捲《めく》り上げていった。彼女は妊娠していると思い込んでいるので、シュミーズドレスを着用している。これは夜着のようなワンピース状のドレスなので、ピンもパニエもなく脱がしやすい。

ドレスを頭から抜いたときには、オデットは頬どころか顔から首までをも薔薇色に染めていた。

レオナルドは、ちゅっとに軽いキスをしてから、彼女を抱き上げ、ベッドに仰向けにして下ろす。

すると、オデットは期待と不安が入り混じったような瞳でレオナルドを見つめてきた。

——かわいすぎる……。

しかも、彼女の裸は久しぶりである。更には、まだ日が高いので寝室の中が明るい。

レオナルドは、気持ちを抑えきれず、すごい勢いで下着をはぎとる。そこには、優しい光の中で輝かんばかりの、白い磁器のように滑らかな肢体があった。

――まぶしい……！

彼は双眸を細めて、オデットに覆いかぶさり、その白い双丘の先端に咲く薄桃色の蕾にかぶりついた。

「あ、はぁ」

久々なせいか、オデットの反応も早い。シーツをぎゅっと握りしめて、口を開けて嬌声を漏らした。

レオナルドは交互にそのピンクの蕾を吸いながら、空いているほうの蕾を手のひらで円を描くように撫でてやる。

「あ、レオ……気持ちいぃ、いいの、こんな……私、気持ちよくなって……！」

オデットはぎゅっと目を閉じて、レオナルドの膝に挟まれている脚をもぞもぞと動かし始めた。

「当たり前だろ？　お腹の子も気持ちよがってるさ、きっと」

「そ……んん、それなら、よか……た」

安堵したように微笑むオデット。この表情がレオナルドに火を点けた。彼女は思い込みが激しいが、オデットなりに彼の子を大事にしようと思っているのだ。

――なんて、けなげな！

レオナルドは、オデットの腹に口づける。

――ああ、本当にあんたの子ができたら、毎日、腹に何度でもキスしてやるのに！

レオナルドは、オデットの甘い吐息を耳にしながら、唇を淡い茂みのほうへと這わせていく。それにつれて、オデットの息が荒くなってくる。彼女の脚を開かせ、その内ももに口づけると、オデットの吐息は喘ぎ声へと変わっていった。

「あ、はあ、あ……熱い……そこ……あぁ」

レオナルドはその声に応えるかのように、内ももを吸い、そこにピンク色の跡を付けながら、指先で、太ももの間《あわい》を上下に撫でる。

「は、はぁん！」

オデットは指先が蜜芽に当たるたびに、びくっびくっと腰を反らせる。そのたびに豊満な胸を突き出して、揺らした。

レオナルドは、その張り出した乳房に見惚れてしまう。自ずと手を伸ばす。触れずにはいられない。彼女の下乳を掬い上げるように撫でたあと、指の腹で、そのツンと尖った乳首を撫でる。そうしながらも火照った花唇をべろりと舐め上げた。

「はわぁ！」

オデットは、小さく叫んで脚を痙攣させた。彼女の脚が彼の肩から上腕のあたりで蠢く。レオナルドが何度も舐め上げてくるものだから、喘ぎ声は止まらなくなっていった。

「いっ……いつまで、撫で撫で……？」

そろそろ欲しいのだろうが、妊娠をしていると思っているので、それを言い出せないのだろう。

「じゃあ、もっと近くで撫で撫でしてやろうか」

レオナルドは秘所を舐めるのをやめて再び乳房の頂点を咥えて、口内でその突起をもてあそぶ。

そうしながらも、蜜道に指二本を沈め、蜜壁の最も敏感なところを撫でてやる。

「ふ、う……ん！」

オデットはその艶々とした鳶色の髪の毛をシーツの上で振り乱しながら、彼の腰に両脚をこすりつけた。そんなことをされると、レオナルドは挿入したくてたまらなくなる。彼の雄芯はもうそそり立っていた。だが、ここは我慢だ。自分の子を守ろうとしているオデットの心、それを踏みにじることは絶対にしたくないのだ。

オデットの中がうねり、彼の指をきゅうきゅうと締めつけてくる。

「レオ……いいの……？」

「ああ……あんたたちを気持ちよくしてやれれば、それでいい」

——浮気に比べたら、これしきの我慢、なんでもない——。

レオナルドが指を抽挿させていると、急に悪魔の囁きが聞こえてきた。

——オデットは達したあとは、吐精されても気づかなかったよな？

一瞬、彼の手が止まったが、オデットの潤んだ瞳が目に入り、すぐに再開させた。

——そんな、愛する女を欺《あざむ》くようなことは、できない……。

苦悩するレオナルドの耳に、「は、あぁ！」というひときわ高い声が飛び込んできた。

オデットは久々なせいか、あっという間に達してしまったのだ。ベッドに両手両足を投げ出して、幸せそうに胸を上下させている。その無邪気な寝姿を見て、レオナルドはぶんぶんと首を振って悪魔を追いやった。

――俺たちは、嘘も秘密もない夫婦になったんだ。

結局レオナルドは挿入を我慢して、オデットの傍らで肘を突いて横になっていた。しばらくしてオデットの青く大きな瞳がぱっちりと開く。彼女は優しげに双眸を細めた。

「お前は最初っから乳吸いをするのが好きだっただろう？　乳が出たら飲ませてやるからな」

相変わらず、ムードを壊す天才である。レオナルドはオデットを気持ちよくさせたいから胸を愛撫しているというのに――。

「え、いや、それは、遠慮しておく」

そもそも王侯貴族は赤子に乳をやったりしないのだった。

「いい父親になりそうだな、お前」

レオナルドはとまどいながらも、とりあえず片方の口角を上げた。

それから数日経ったころだろうか。レオナルドは、このとき口淫で済ましてよかったと思い返すことになる。というのも、オデットの勘が当たっていたことがわかったからだ。

あの旅の間に、彼女は見事に孕《はら》んでいた。

いち早く、その可能性に気づいたのはセザール男爵夫人だった。

「そういえば、私、妊娠初期に、異様に眠くなる時期があったことを思い出しましたの。それにオデット様、最近は、匂いにも敏感になってらしていて……つわりではないかと……」

少し月のものが遅れたからって、夫人までこんな思い込みをするようになったと、そのとき、レオナルドは聞き流していた。

だが、結局、オデットに月のものは訪れず、妊娠が確定するに至った。

夫人の配慮で、そのことはオデットの口からレオナルドに伝えることになる。

それをオデットから聞いたとき、レオナルドはこう思った。

——これだからオデットには敵《かな》わない！

オデットは、あの国境の街で、真っ先に彼の子種が芽吹いたことを察していたのだ。またしても彼女は、想像していたのとは違う方向に、もっと素晴らしい方向に裏切ってくれた。

レオナルドが彼女を抱き上げると、オデットは破顔した。少女のような屈託のない笑みだった。

「あんた、すごい！　あんなに早くに、よくわかったな」

「ああ、やっと喜んでくれた」

「今だって、信じられないよ。あんたのここに俺たちの子がいるなんてさ？」

レオナルドはシュミーズドレスの上から彼女の腹に口づけた。一回すると、もっとしたくなり、何度も何度もキスを落とした。

「くすぐったいぞ！」

オデットは嬉しそうに目を細めて笑った。

なぁ、俺の愛するオデット――。

これからも、あんたはこうやって俺の予想を素敵に裏切ってくれるんだろう？

俺は、そのときまた幸せに打ち震えることしかできないんだろうな。

番外編　イヴォンヌの王子様

　バシュレ公爵家に王子様がやって来たのは、イヴォンヌが三歳のときだった。これが彼女の人生で最も幼いころの記憶となる。なので、詳しくは覚えていないが、小さいながらも、緊迫した空気を感じ取った。

　それもそのはず、その第一王位継承権を持っていたはずの王子、レオナルドは、異母兄とその一族によって王宮を追われたところだったからだ。レオナルドがこの邸に着いた日は奇しくも彼の十一歳の誕生日だった。本来なら、王宮で盛大に誕生を祝う会が開かれたであろう日に、彼は母親と永遠《とわ》の別れをすることとなる。母である王妃は息子を置いて母国に帰ってしまったのだ。

　レオナルドは、イヴォンヌの実の兄とは違って、優しく、人形遊びの相手までしてくれた。今思えば彼は、この邸で相当、気を遣っていたことだろう。というのも、レオナルドは、母親とともに出国するという条件で軟禁を解かれたのであって、彼をかくまうことは現国王を敵にするのも同然だったからだ。バシュレ公爵家は王家の血筋を受け継いでおり、現国王の後ろ盾である伯爵家と険悪な関係だったこともあり、レオナルドを受け入れていた。

　そんなことを知る由もないイヴォンヌは、いつもレオナルドのあとを「レオン」「レオン」と、付きまとったものだ。そうすると、レオナルドは嫌な顔ひとつせず、高い高いをしたり、肩車をしたりしてくれた。なので、イヴォンヌは大はしゃぎだった。というのも彼女は公爵令嬢として大切に育てられており、こういった、少しでも危険が伴う遊びはしてもらえなかったのだ。

もちろん、彼は王子であり、幼子《おさなご》の面倒など見る立場ではない。それもあって、侍従たちが毎回、それを制止しようとするのだが、レオナルドは意に介さなかった。そもそもイヴォンヌがレオナルドから離れようとしない。幼いながらもイヴォンヌは、この王子様に恋をしていたのだ。

そうやってつきまとっているうちに、イヴォンヌはレオナルドの、ある変化に気づいた。いつも快活な彼だが、雨の日だけは元気がないのだ。

「レオン、雨、嫌いなの？」

すると、レオナルドは寂しげに微笑んで耳打ちしてきた。子ども心にドキドキしてしまう。

「うん。雨、苦手なんだ。でも秘密だよ？」

イヴォンヌは嬉しくなってしまう。自分だけが気づいて、二人だけの秘密ができたのだ。これは、この邸の中で、いや世界中で一番、彼と親密な証拠ではないか。いよいよ、イヴォンヌはレオナルドにべったりするようになった。

だが、イヴォンヌが七歳のとき、再び邸が緊迫した空気に包まれた。イヴォンヌがレオナルドの部屋に行こうとすると、侍女たちに止められる。普段ならそれを無視して行くところだが、女中頭が怖い顔でやって来て、部屋から出ることを許してくれなかった。そして、それから二週間もレオナルドに会うことが叶わなくなる。このときは知らなかったが、レオナルドが部屋で飲んだ紅茶に毒が仕込まれていたそうだ。そのときレオナルドは十五歳。これ以上大きくなると脅威になると、国王側が本格的に潰しにきたというわけだ。彼は一週間以上、生死の境をさまよった。

次にイヴォンヌがレオナルドと会えたのは、彼がこの邸を離れるときだった。結局、刺客を見つけ出すことができず、ここはもう安全ではないという判断からだ。レオナルドは、もう大人のような背丈をしており、イヴォンヌは彼の腰に抱き着いて泣いた。すると、レオナルドが頭を優しく撫でてくれた。

「また、遊びに来るから」

「本当？　絶対よ。絶対、約束よ。忘れないでね」

「ああ、もちろん、かわいい妹を忘れるわけないだろう？」

レオナルドはイヴォンヌを抱き上げて、侍女に渡した。こうやって自分から引き離したのだ。そして、馬に跨がり、邸の者たち皆に手を振って、支援者とともに去って行った。

誰かがいなくなると、往々にして残された者のほうが寂しくなるものである。レオナルドとは四年間、家族同然の仲だったので、バシュレ公爵一家は皆、心に穴が開いたような気持ちになった。イヴォンヌはしばらく泣き暮らしたし、彼女の兄は、同年代の友人がいなくなった寂しさで、気落ちした様子だった。

レオナルドは約束通り、それからもたまにバシュレ公爵邸に立ち寄った。だが、食事は一切口にしなかった。イヴォンヌにはいつも、かわいい縫いぐるみや髪飾りを買ってきてくれる。旅をしているときも、いつもイヴォンヌのことを気にかけてくれているようで、とても嬉しかった。

イヴォンヌは自分の体が女性らしく変化していくにつれて、いつしかレオナルドが国王となって、自分を迎えにきてくれるような気がしていた。

果たして、イヴォンヌが十五歳のとき、その日が訪れる。レオナルドは二十三歳で国王となり、即位式の翌日、お礼にバシュレ公爵邸を訪れた。彼女の父である公爵は、心の底から嬉しそうな様子で顔を紅潮させていた。十一歳のレオナルドを引き取ってから十二年、この日をずっと待っていたのだ。

レオナルドの軍服姿は精悍で、まぶしかった。だからイヴォンヌは昔のように、『レオン！』と無邪気に抱き着くことができない。適齢期だから、そもそも、そんな破廉恥《はれんち》なことができるわけがなかった。華やかなドレスをまとい、上品な微笑を浮かべて優雅に、お辞儀をする。

「イヴォンヌ、すっかり美しくなって……！」

レオナルドの感嘆の声を聞いて、イヴォンヌは胸を撫で下ろす。レオナルドが娶《めと》るとしたら、この自分しかいないと確信していた。公爵令嬢である彼女は王妃となるのにふさわしい身分だ。

「このかわいい妹のために、俺が世界一の婿を見つけてやるぞ！」

イヴォンヌは耳を疑った。レオナルドが自分と結婚する気がないなんて、ありえないことだ。

国王となったレオナルドは、その後、舞踏会も碌《ろく》に開かず、女遊びもせず、ひたすら軍隊の強化と農地改革に力を入れていた。この国は、兄王と後ろ盾の伯爵家の失政により荒廃し、貧民で溢れていた。彼は喪《うしな》われたときを取り戻そうと必死なのだ。

だからイヴォンヌは、こう解釈した。レオナルドは結婚どころではなく、そのせいでイヴォンヌが婚期を逃してはならないという配慮から、あの発言が出たのだ、と。

だが、またしても彼女の予想は裏切られた。その、仕事一筋の国王がいきなり隣国の王女に求婚したのだ。いくらその同盟が国益になるにしても、イヴォンヌとの愛を殺すことはないではないか。

しかもこの王女は、イヴォンヌと同い年。こんなに素晴らしい国王と結婚したというのに、レオナルドへの愛情が感じられないし、尊重どころか『レオン』と呼び捨てだ。そもそも、レオナルドを『レオン』と呼んでいいのは、幼いころの自分だけだったというのに――。

――おかわいそうなレオン様！

国のために自分を犠牲にしすぎである。

王妃、オデットが、馬が好きだというので、ある日、不本意ながら乗馬をともにすることとなった。一緒に、近くの森をゆっくりと散策するぐらいな気持ちだったのだが、オデットは馬場の出口からではなく、馬をジャンプさせて柵を越えて出るわ、「すぐ戻る」と、猛スピードで駆けて行くわ……。

――こんな暴れん坊が元王女だなんて……。

一通り馬を走らせて満足したらしく、オデットが隣に付いてきたので、イヴォンヌは話しかけた。

「レオン様は今も雨が苦手なのかしら」

このがさつな女は、結婚相手のそんな繊細な一面に気づいていないに違いない。自分のほうがレオナルドのことをよくわかっていることを知らしめてやろうという意地悪だった。

「そうなのだ。さすがは妹だな」

それは、イヴォンヌにとって、二重に不愉快な言葉だった。二人だけの秘密にオデットが気づいていたことと、更に腹立たしいのが妹扱いされることだ。思わず無言になる。

「だから、私は胸でぐりぐりしてやるのだ」

イヴォンヌがくきっと首を回して、怪訝な表情をオデットに向けた。

「私の胸は無駄に大きいだろう？　でも、これを押しつけてやると、レオンは元気が出るのだ。こんな効用があるなら、そう無駄でもなかったよ」

にかっと笑うオデットを見て、イヴォンヌは眩暈《めまい》がしそうになった。美しい思い出が一気に穢《けが》されたような気持ちだ。オデットが夫の繊細な面に気づいていようがいまいが、オデットがレオナルドに愛されている以上、どのみち癪《しゃく》に障《さわ》るイヴォンヌなのだった。

ディアノベルス

愛《あい》していると言《い》ってくれ！
～孤独《こどく》な王《おう》と意地《いじ》っ張《ぱ》り王妃《おうひ》の攻防戦《こうぼうせん》～ 1

2017年 1月27日 初版第1刷 発行

❖著　　者　藍井恵
❖イラスト　みずきたつ
❖編　　集　株式会社エースクリエイター

本書は「ムーンライトノベルズ」(http://mnlt.syosetu.com/) に掲載されたものを、改稿の上、書籍化しました。
「ムーンライトノベルズ」は、「株式会社ナイトランタン」の登録商標です。

発行人：久保田裕
発行元：株式会社パラダイム
〒166-0011
東京都杉並区梅里2-40-19
ワールドビル202
TEL 03-5306-6921

印 刷 所：中央精版印刷株式会社

 DN001